# 半城烟火

BANCHENG YANHUO

许红伟 著

中国言实出版社

**图书在版编目（CIP）数据**

半城烟火 / 许红伟著. -- 北京：中国言实出版社，
2022.1

ISBN 978-7-5171-4010-8

Ⅰ.①半… Ⅱ.①许… Ⅲ.①散文集－中国－当代
Ⅳ.①I267

中国版本图书馆CIP数据核字（2022）第011364号

---

**半城烟火**

总 监 制：朱艳华
责任编辑：张　丽
责任校对：王战星

---

出版发行：中国言实出版社
　　　　　地　址：北京市朝阳区北苑路 180 号加利大厦 5 号楼 105 室
　　　　　邮　编：100101
　　　　　编辑部：北京市海淀区花园路 6 号院 B 座 6 层
　　　　　邮　编：100088
　　　　　电　话：64924853（总编室）　64924716（发行部）
　　　　　网　址：www.zgyscbs.cn　E-mail：zgyscbs@263.net

---

经　　销：新华书店
印　　刷：廊坊市宏森印务有限公司
版　　次：2022 年 1 月第 1 版　　2022 年 1 月第 1 次印刷
规　　格：710 毫米 × 1000 毫米　1/16　　14 印张
字　　数：156 千字

---

定　　价：59.80 元
书　　号：ISBN 978-7-5171-4010-8

半城烟火

張緯東題

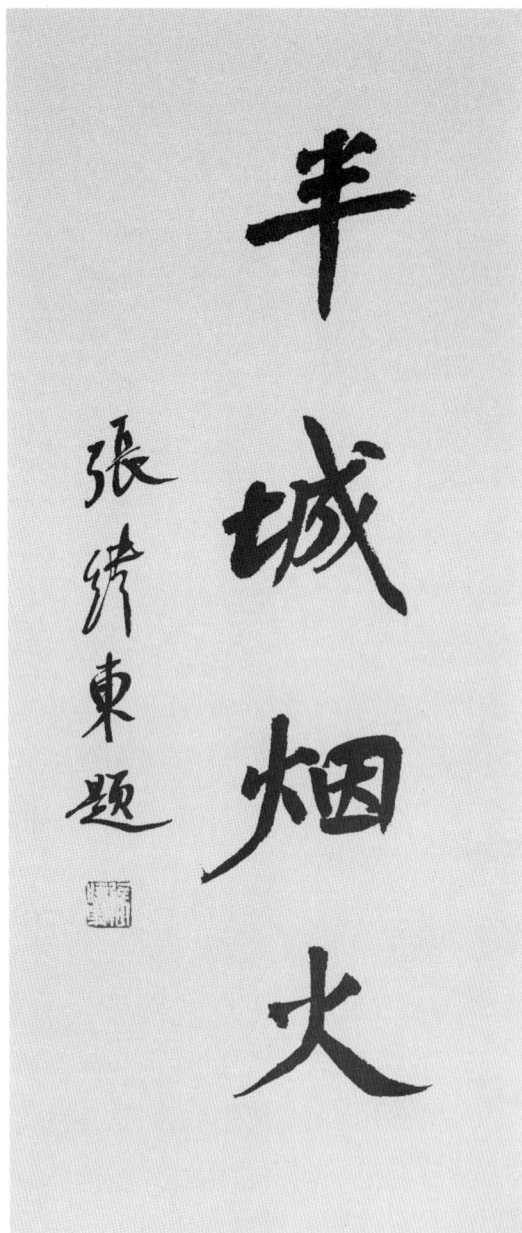

张纬东，河北省书法家协会副主席，廊坊市书法家协会主席

半城煙火

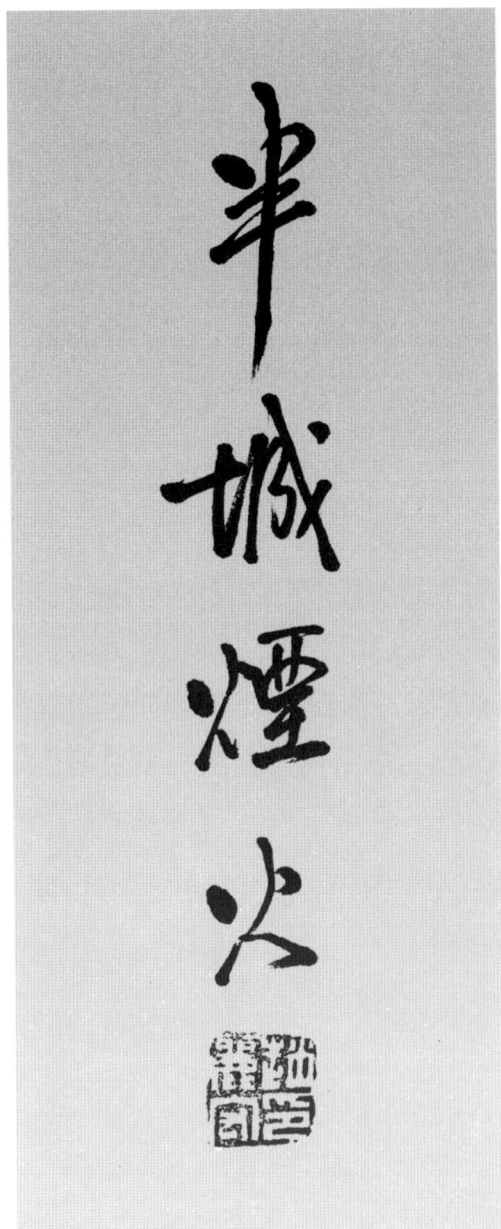

赵丽宏，著名作家、散文家、诗人，中国散文学会副会长，上海作家协会副主席

# 在半城烟火中寻找心灵的安放之所

## 王雪莹

　　认识红伟先生数年，也认真阅读过他的上一部游学专著，在我心里，他是一位严谨、专业、见识广泛、文笔也很好的教育工作管理者。当他前些时说要结集一部散文集并邀我作序时，我欣然允诺。作为多年的文学编辑和写作者我丝毫不觉为难。但当我细致地阅完全部文稿时，却有那么一刻踟蹰不能落笔。细细想来我竟是被作者平素给我的状态感觉和其笔下温润、细腻、飘逸的形象反差给"隔"住了。

　　不由得联想到多年前我的一位挚友给我的评论：哪个是萝卜哪个是白菜，雪莹分得清清楚楚，所以她从来不一塌糊涂……我当然没有她说的那么"清楚"，但我确是一个一直在努力把生活尤其是工作和写作分开的人，当然这种"分开"需要用更大的努力和智慧去承担生活和心灵的不同角色，这是一种清晰的责任和承担精神，唯其如此，却也活出了更丰富的人生滋味。这一点上红伟无疑与我是"同道"。

善于体察生活、努力投入社会工作又敏感多思具有文字表达能力的人无疑是幸福的。

生活场景的变化，最易惹人情思。而千回百转的心思，终究离不开怀古、怀乡与思亲。"感时花溅泪，恨别鸟惊心"，《半城烟火》由外部的一花一叶、风声雨声到四季更迭、人情冷暖而起心动念、悲欣交集。

他在敦煌的大漠流沙里追寻张骞蹒跚而坚定的步履；在醉翁亭前感悟畅达柔顺、淡泊恩怨的人生境界；在滕王阁的禅韵心香中品味历史云烟；在南方的蝉鸣蛙声中想念白山黑水的雪国故土；在异乡的夜雨蛙鸣中想念慈母、故交与亲朋……

他在一杯咖啡、一盏清茶的氤氲气息里禅悟："人生近午，半开莲荷"，而"世间最美的风景是回家的路"。

在红伟笔下无论世事多艰，情感多么委屈、动荡，不变的是始终抱持一份温和、博爱的初心。

他"唯愿可以怀揣一份美好与岁月相依，珍藏起那些温暖美好的记忆，执念于红尘深处"。

他"感恩生活，珍惜每一份遇见，愿意把最美的微笑留给最平淡的流年，让日子在一朝一夕中变得充实而丰盈……容纳是非，接受曲直"。

在对真、善、美不懈的思考、追寻和书写中，作者的心灵已经找到了他的安放之所。

宏大的书写固然可敬，生命旅途中日常的甚至碎屑的心灵震颤与折光尤为可贵。

是为序。


作者系中国作家协会会员，全国少数民族文学创作"骏马奖"获得者，廊坊市作家协会副主席。

# 四季、情思与哲理

## 冉伟严

要有怎样丰盈、敏感而又包容的精神世界，才能将这生命际遇里的点点滴滴连缀成如此多彩缤纷、又如此哲思深邃的文字？

过去只知道许红伟先生是一位专家型的领导干部。因为对他的认识，缘于党校领导干部培训班的课堂，儒雅、谦和，在基础教育领域的探索具有前瞻性，对很多问题有独到的判断，见识广，思考深刻。

几年后再见时，恰逢看到其散文集《半城烟火》。首先是感慨，每个人都有着不曾为人知道的另一面，只是许红伟的另一面，带给我们更多惊喜、更多启迪。

《半城烟火》全书由一百多篇散文和诗歌合集而成，读罢，却感觉几乎是一个生命周期的轮回，二十四节气以及重要的节日，都是他在轮回里驻足回望的重要节点。这一百多篇文字，分为四辑，本身就有对春、夏、秋、冬四季的抒情与遐思。

四季的更迭，总是触动人们内心的柔软。岁月流年，日复一日的相似，大约只有在节气变换提醒人间冷暖之时，才会长舒一口气，在山山水水里凝思，在城市的街头沉潜。许红伟更是敏感的，他捕捉到很多个变幻的瞬间，又能将自己跳脱出来，似乎放空了，又有着细腻的情绪，"在岁月的长河里，我像一阵风，来去轻柔的风，风过，无痕，因为我总是那样沉思遐想，悠然沉醉在自己丰富的寂寞里"。（《春归的日子，淡然前行》）

他善于思考，像个哲学家一样，面对"人生何处"的终极性问题，寻找答案，而且，他在一些特定的时间节点上，有属于自己的定力和回答："细雨润物，星云流转，大地轮回，千年以后我是谁？人生，在分分秒秒中寻味。时日，在岁岁年年里倒退。与其在别人的目光里追随，不如潇潇洒洒过一生，享受生命的静美。

春，缓缓归矣，感恩岁月赋予的所有，我亦起身淡然前行，从晨曦到日落，从冬寒到春暖，不为浮云遮望眼，敬畏生命的厚重，笑看红尘雨歇，不问尘事，不问往生，不问归途。"（《春归的日子，淡然前行》）

许红伟身为教育工作者，钟情于他的事业，并且将教育情怀诗化，用诗化的语言将教育推到人人心中理想的境界。所以，他见到校园、学生，以及外出学习交流，都有诗意的记录。

在京师，他"与春雨相遇于书香的校园"，他喜欢春雨，也让人想到春风化雨"润物细无声"的教育诗化。"学堂听雨，心反而宁静。看花，轻舞；听雨，浅唱。我亦丰盈满怀，享受着谷雨的清新。……醉心于教，也只是想要一份淡淡的、安稳的幸福。他日，时光静好，现世安稳，众生无恙。"（《谷雨京师》）

在青岛，他倾听海起伏的涛声，面对海潮一次次的涌来与退却，不问海鸥，也不问春暖花开，他关心鲁迅公园的意义："琴岛晚风徐徐，海浪拍岸。在这落日的黄昏，行走在鲁迅公园，先生修长倔强的塑像迎风而立，炯炯深邃的目光，伴着斜阳的光辉，像人生洗尽铅华的智者，安稳于琉璃世界，素雅而透明地修行。此刻，我敞开心扉，走进先生的诗文世界，做回真实的自己。"（《面朝大海，不问春暖花开》）

也许，像这样，将教育生活化，将教育理想艺术化，才可能真的能做到，一棵树摇动另一棵树，一朵云推动另一朵云，一个灵魂唤醒另一个灵魂。

他记录岁月流淌中的一个瞬间，一个片断，春风吹起花瓣落，鸟儿歌唱的清晨，看一场电影，开一次工作会议……都成为他笔下摇曳多姿的审美感受，正是一花一世界，一叶一菩提。他从故乡写到江南，从首尔写到楼兰，从长安写到含山醉翁亭……或居或旅，怡然自得，脚步到达的地方，必是笔触抵达的地方。谷雨、春分、小满、芒种、大雪，除夕、元宵节、端午、母亲节……都可以成为他对生命执着拷问的分隔线，每个时节，都不蹉跎。

  例如，他认为，小满也许是人生最完美的状态。小满小满，怎么会有一个"最"，他写道："面对自己一路走来的旅途，很多看似重要的印痕已经变得模糊，但更多苦涩的人生语句却更加清晰。昨日很多无法接纳的事实，如今已不在意。那些不舍得放手的人，已被轻轻地遗忘。人生这个聚聚散散的旅途，欢喜与悲伤总是相伴而行。"的确呀，"完美"不是"满"，而是"小满"。

  再比如，对于雪，北方的雪，几乎成为他人生印迹里的朱砂。对于家乡，太多的思念，太多的回忆，太多的热爱与离别，都像雪融化进大地一样融化在他的文字里。《风雪夜归人》《无雪的冬天，不夜的城池》《浮云吹做雪，空山人去远》《北方，苍凉的北方》《忆波士顿飞雪》等等，每一篇，都可以找到雪的印象与意象，晶莹而深情。

  《半城烟火》是唯美的，文字绚丽旖旎，但并不缠绵甜腻；情之所托丰沛充盈，但并不纠结。是一份通透吧。也许是只身异国他乡久了，也许是经历了太多世事，带着思考经历，终能超越一些羁绊。

一部诗情画意的集子，一种装满诗心诗意的生活。掩卷，《陌上清歌》里那句话萦绕在脑海：让我搁置的笔，写满一世的繁华，挥洒出醉美的春秋。

作者系河北省廊坊市委党校教授。

# 目录
## Contents

## 序

在半城烟火中寻找心灵的安放之所　　　　王雪莹　1

四季、情思与哲理　　　　　　　　　　冉伟严　1

## 第一辑

## 烟染岁月　春情入墨

在春天，闭上眼，嗅着草木清香，你能看到另外一个世界，那是无限明净的世界；静下心，你能聆听到大自然音符交错汇聚而成的声音，那是俗世里最美的清音；抬起头，你能接受是非，容纳曲直，那是存在的意义。

春归的日子，淡然前行　　　　　　　　　　　2

谷雨京师　　　　　　　　　　　　　　　　　4

记忆中最美的春天，难以再回首的昨天　　　　8

面朝大海，不问春暖花开　　　　　　　　　　12

陌上清歌　　　　　　　　　　　　　　　　　14

守望生命　　　　　　　　　　　　　　　　　16

藏你于眉间心上　　　　　　　　　　　　　　17

春 18

三月天 "女神节" 19

古丝绸之路上的贝加尔湖 20

晚春 22

仲春惊觉 23

花落故人归 24

爱的箴言 26

人间四月芳菲尽 28

春问 29

愿你不是星空里的惆怅客 30

光阴的故事 34

春分 35

这段特殊的时光曾路过你的青春 36

也谈教育扶贫 39

第二辑

## 岁月不居　时节如流

半身风雨后，仲夏莅临时，又是一树繁盛，一场花事，忽晴忽雨的江湖，烟火缭绕，随处可栖。

小满　　　　　　　　　　　　　　　　42

醉美七月　　　　　　　　　　　　　　46

端午琴音　　　　　　　　　　　　　　48

五月　　　　　　　　　　　　　　　　50

六月，与光阴同行　　　　　　　　　　52

云水禅心　　　　　　　　　　　　　　54

早安，六月　　　　　　　　　　　　　58

天际的大鱼　　　　　　　　　　　　　60

故乡　　　　　　　　　　　　　　　　64

写给围城 68

最美真性情 69

人生近午，半开莲荷 70

在路上，感谢你们的陪伴 72

做真实的自己 74

在旅途 75

季节的渡口 76

寄语高考 78

献给母亲节 79

思念故乡的小城 80

一路向北 81

父爱如山 82

第三辑

## 爱在深秋　不语倾城

这世间最动听的话，从来都不奢华，反而越简单，越直抵灵魂；越朴素，越能在时光的经卷里开出哲思的花。人总习惯在如烟的世海里丢了自己，而不自知。

北京的秋　　　　　　　　　　　　　　　86

秋日骊歌　　　　　　　　　　　　　　　90

秋的礼赞　　　　　　　　　　　　　　　92

又见敦煌　　　　　　　　　　　　　　　96

我以千千阙歌，迎你月满西楼　　　　　　100

贺学友全毅兄履新　　　　　　　　　　　101

落叶满长安　　　　　　　　　　　　　　102

回首国教院的深秋　　　　　　　　　　　103

莫高窟　　　　　　　　　　　　　　　　104

静守八月的城南　　　　　　　　　　　　106

江与江南　　　　　　　　　　　　　　　110

爱在深秋　　　　　　　　　　　　　　　114

最难忘却故人诗　　　　　　　　　　　　116

教育者的情怀　　　　　118

中秋　　　　　121

遥祭恩师　　　　　122

浅秋　　　　　126

教育是一种信仰　　　　　127

一千零一夜　　　　　128

感悟人生的温度　　　　　130

缠绵往事　　　　　131

疼痛　　　　　132

写在学业尽头的留言　　　　　133

爱在初秋　　　　　134

偶遇深秋官厅小站　　　　　135

教师节快乐　　　　　136

人生的荒原古道　　　　　137

秋日哲思　　　　　138

七夕留语　　　　　139

第四辑

## 岁月流沙　苍老年华

有一种深情，荒了流年，许了沧海，直到物是人非，最后变成了一个人在荒原古道，静看岁月流沙，风雪漫天。寒灯纸上，梨花雨凉，半城风雪又一年。

风雪夜归人　　　　　　　　　　　142

无雪的冬天，不夜的城池　　　　　145

浮云吹做雪，空山人去远　　　　　146

感恩有你　　　　　　　　　　　　148

今夜，除夕从远方赶来　　　　　　150

世间最美的风景是回家的路　　　　152

首尔除夕　　　　　　　　　　　　154

冬日游长城有感　　　　　　　　　155

这个冬季，你是我无法释怀的远方　156

冬日情怀　　　　　　　　　　　　158

眠夜    159

悟    160

无悔人生    161

让我这样陪你走过冬季    162

折翼天使    165

写在冬季的情诗    166

游醉翁亭记    168

乡愁并未淡去    170

北方，苍凉的北方    172

恭贺2018年新春    174

写给校长    175

相忘于江湖    176

行走在光阴深处    178

雪    179

尧风永沐　　　　　　　　　　　180

留在二月二的文字　　　　　　　181

青春寄语　　　　　　　　　　　182

教育　　　　　　　　　　　　　183

《留学美国一年间》读后感　　　184

人间烟火气，最抚凡人心　　　　186

忆波士顿飞雪　　　　　　　　　188

江城客　　　　　　　　　　　　190

后来的我们　　　　　　　　　　191

三千里，偶然见过你　　　　　　192


后记　　　　　　　　　　　　　194

# 第一辑  烟染岁月  春情入墨

在春天，闭上眼，嗅着草木清香，你能看到另外一个世界，那是无限明净的世界；静下心，你能聆听到大自然音符交错汇聚而成的声音，那是俗世里最美的清音；抬起头，你能接受是非，容纳曲直，那是存在的意义。

# 春归的日子，淡然前行

　　北风微温，冬已渐远，以一颗虔诚的心，守望生命，擦亮季节的心灯，只为等春姑娘踏香而来，驱散冬寒的料峭与荒芜！

　　对于漂泊在外的游子，远方，总会有说不尽的故事，讲不完的沧桑。所以，季节更替的时候总有一种力量，会对着追赶的方向，用意念去坚定选择的远方，在生命的情绪里点燃春天的火焰。

　　一场年的盛宴，一条赴约的古道，像岁月纠缠的风，轻掸了时光。又像昨日失约的冬雪，荒了流年。人，不一定要在推杯换盏的繁华里缠绵絮语，只需，在灵魂柔软的心房望尽苍生。

　　习惯了一个人在光阴里行走，像天上的云，随着季节的冷暖，去该去的方向。或许，在岁月的长河里，我像一阵风，来去轻柔的风，风过，无痕，因为我总是那样沉思遐想，悠然沉醉在自己丰富的寂寞里。

　　无人可以预料，人的一生，能拥有多少季节冷暖的时光，也没有人能明白，一个灵魂的成长，需要多少岁月的浸染与救赎。当光阴遇上禅意，时光若水，静水流深，一程山水，一番领悟。

　　站在春天的渡口，踟蹰于岁月的洲头，在生命的旅途上，我们都穿梭在熙熙攘攘的人流中，追逐着此岸的涛声，彼岸的花开。乘兴而来，挥手而去，功名利禄，过眼云烟，昙花一现，幽幽怨怨。

　　世间事，唯简单最美好，唯真情最可贵，宿命看似无意，皆有情，花落无意，简约素雅，悟透人生真谛。冬去春来的时光清新自然，无须装饰，已是红尘静好。

生活中一切都是如此的虚幻，谁又能奢望这人世间的期许都能实现。善意而行，缓缓遗忘，没有烦恼，没有纠缠，即是人生好时节，就这么走吧，漫无心计地走吧，虽有风雨，偶有喧嚣，至少还有心灵世界富足而美丽！

冬季的足印，还未消融，清晰地徘徊在昨日的温度里。走过的这个冬季、这段过往已经可以埋葬在尘土里。那些清冷的光阴虽然不足以点燃生命的全部，却温柔了冬季寂寞的日子。

春已归，漂泊的灵魂，依然驻足天地，看人世冷暖，观陌上花开。单薄的力量，已承担不起漂泊的远方，就算天涯浪迹，人世间仍不会留存只言片语。

细雨润物，星云流转，大地轮回，千年以后我是谁？人生，在分分秒秒中寻味。时日，在岁岁年年里倒退。与其在别人的目光里追随，不如潇潇洒洒过一生，享受生命的静美。

春，缓缓归矣，感恩岁月赋予的所有，我亦起身淡然前行，从晨曦到日落，从冬寒到春暖，不为浮云遮望眼，敬畏生命的厚重，笑看红尘雨歇，不问尘事，不问往生，不问归途。

二〇一八年　元宵节

# 谷雨京师

　　谷雨春深处，繁花萎落。与一场不期而至的喜雨，相逢于季末。很庆幸，在这最美的光阴，与春雨相遇于书香的校园。此刻，我踏着林荫小径，借晚春花落，与这落雨的时光结伴同行。

　　因敬仰那一缕书香，在微冷的春日行走在京师。春潮带雨，慌乱了脚步，模糊了视线，任自己短暂迷失在校园深处，思绪随风雨摇摆。苍树、繁花、匆匆学子，像一幅油彩的画面，生动而鲜活。一切是那样清新，那样自然。瞬间，所有的情绪都化作对自然和生命的感动。我仿佛听到了喜雨的歌唱！

　　虽说时间煮雨，清冷了往事，但用文字和书香铺开的每一段旅程，唤醒着一程山水，一程遥望。光阴的似水流年，千年古风，不知不觉，就浸干了往事的箴言。

　　行走在京师雨天这别样的人间，一树繁花，如一世的繁

华。雨掠过的瞬间，半世流离已融入平淡烟火。走过的，路过的，最后都成了天地间的过客！

迎雨前行，满眼葱郁的春色，学堂半掩花间，虽有雨雾萦绕，仍无法掩饰京师的百年沧桑。桃花已开，仍有结满半树的花苞。真想在这雨中停顿，幽居于此，静待含羞花苞开放的样子。但是，跋涉这阴雨，不为遇见，只为那一场相约的阅读之会。

此时，喜雨霏霏，书香满怀，岁月静好。感恩师长智慧，赐予相携一程的书香之缘，让腹有诗书气芳华的墨香沉淀成今生最幸福的篇章。尘缘相晤，忘却来时路，征程的远方，一定是相濡以沫，胜却相忘于江湖之远。

人生路上，每个人都是一路风雨，一路前行。没人能将每一份烟火都绽放成夜空的繁华。但是，我相信走过风雨兼程，走过蒹葭苍苍，总会收获硕果，总会拥抱花开。

　　四月的雨中春色，有心动，有等候，有迷失，一样的人世静美。也许是有未了的情缘在这书香校园，轮回了千年。雨一直下，步履依旧匆匆，花谢花开，已成梦醉西楼，不再重要，且让这书香的奔赴，在这辗转的光阴深处激滟千年又千年。

　　感受雨中校园，像回归了精神的家园。曾经的寒灯疏影，素心苦读的光阴，早已不知去向。红尘俗事，日复一日，年复一年，随风而泊，任凭春去秋来。

　　学堂听雨，心反而宁静。看花，轻舞；听雨，浅唱。我亦丰盈满怀，享受着谷雨的清新。真想就这样，慵懒地行走在光阴里，淡淡人生，淡淡随心而过。放下红尘喧嚣，修身养性。与书香为伴，与时光说禅。

　　其实，醉心于教，也只是想要一份淡淡的、安稳的幸福。他日，时光静好，现世安稳，众生无恙。

　　　　　　　二〇一八年四月二十一日　北京师范大学

# 记忆中最美的春天，难以再回首的昨天

走过春天，像重逢过一个有趣的灵魂，短暂相聚，转眼间又消失在岁月的深处。光阴就这样有形无形间走入你的世界，又悄无声息地远离。

昨日的纸鸢鸟语、十里桃花，草木深深，依旧清寂而深情，光阴的大美，像一阕无以言说的诗句，在阳春白雪处，在芳草萋萋间，踏浪而歌，自渡彼岸。

春已远去，短短几个字，足以让一颗尘封的心，倏然颤抖！我们每个人的心里，都有一个最美的春天，足够一生感念。无论明媚还是苦涩，都格外的深刻。

曾经相拥而行的岁月，千回百转，弥漫着沧桑意味。人与事在消逝的光阴里悄然改变，一种叫作"情怀"的东西，却越来越浓。蓦然回首，太多变迁。那些遗落在时间里的爱与念，经年回访，最后只关风月，却无关你我。

就像诗人席慕蓉笔下的诗句："原来岁月并不是真的逝去，它只是从我们的眼前消失，却转过来躲在我们的心里，然后再慢慢地来改变我们的容颜。"无以言说的情愫，不知触动了多少人

的心弦。

　　暮春时节，已淡看聚散离合，但依然心存感恩。他年，久别未见的朋友会在哪座城市？故乡的山水是否改变了模样？初恋的情人是否有了归宿？他们，都还好吗？也会像自己一样，每天匆忙着在路上吧！也会像命运一样，在某个瞬间，忽然间心疼起自己吧！

　　春天，对于每个人的一生来说，都是不平凡的。走过的足迹，曾经在时光之海浮沉，理想与现实，无论成败，而今只剩感叹。穿过落寞与艰辛的时光，如白驹过隙，烈焰繁花，能够留在内心深处的，都是无比珍贵的财富。

春的光阴，是一个说长不长、说短不短的轮回。朗读者中说："人生很长，长到抬头仰望岁月漫长；人生很短，短到颔首沉思只争朝夕。"数十年如一日，是一句莫大的谎言。其实，有些苦涩、有些煎熬。

春的光阴，也是一个成长的过程，一段最美好的日子。虽说人生如戏，但愿每个人都能穿着世俗的外衣，却可以做最美的青衣；生命无涯，但愿每个人既能面对鲜衣怒马，又能以初心守住笃定优雅。

三毛笔下悠悠的那声叹息，依然回荡在撒哈拉大沙漠："一个人至少拥有一个梦想，有一个理由去坚强。心若没有栖息的地方，到哪里都是在流浪。"短短几行字，殇情了千古人心。是啊，在春天，总有来不及道别的缘分，散落尘埃。或许，离别和消失，才是命运为我们做得最大的局。

春的光阴，又是一个五彩的世界，藏着人世间最美的流转。走过半世的华年，不一定能把人心和世态都看透，但一定会让你褪去浮躁与天真，走向成熟。生命如蝶蜕变，终将现世安稳。修炼成与世界和解的心态，也终将走进幸福。

走过春季，经历变成故事，难抵物是人非的落差，难言心中无尽的惆怅。苏东坡的"人生如逆旅，我亦是行人"，浅浅的文字，像是夕阳的余晖，温柔且有力量，字里行间，都是他年轻的梦想与追逐，都是旧年的足迹。沧桑怀念与情事消融，注定一生辗转。

多年之后，虽不舍遗忘从前，但也不再关心去向。成千上万个路口，当人情世故变得不那么热闹，那些熟悉的陌生人，已不再开口寒暄，一个个名字，融入生命里，心底的感动和祝福，会一直为他们深情地安放。

也许初夏的莅临，不再年轻的心，已然波澜不惊。岁月安稳静好，一些固执的追逐，也能淡然看待。命运告诉自己，还有些人和事值得期许，值得用余生守候。但愿，所有走过的路，都有深情的回望；所有遇见的人，都有由衷的祝福。

花开花落又一年，人潮人海中，能够熬过去的，都是值得纪念的日子；多年之后，能够拥有和陪伴的，都是善意的归属；千帆过尽也好，柳暗花明也罢，人生的意义和收获，也大抵如此吧！

走过春季，蹚过时光之河，终有一天，你会发现，走上山丘，已白了头，越过山丘，已无人等候！那时候，你才会明白，其实这才是人生！

二〇一九年　立夏

# 面朝大海，不问春暖花开

福楼拜在《包法利夫人》一书中，曾经这样写道："她爱海只爱海的惊涛骇浪，爱青草仅仅爱青草遍生于废墟之间。"我也爱海，只是更爱海本身的模样，爱海的宁静、深邃。

春来悄悄，路亦迢迢，一路向东，终见大海。这一刻，倾听着海起伏的涛声，我仿佛听到一阵阵幽远的呼唤；面对着海潮一次次的涌来与退却，我依稀读懂了她的期待与无奈，也许她已经等了很久很久，我却错过了太多太多。

晚春的黄昏，大海的低吟，既亲切又熟悉，一如那年、那日在半月湾的海边，满心都是柔柔的春天气息，一切是那么和谐与自然，像灵魂脱离了尘世的喧嚣，忽然忘却了浮世的纷扰。此时，思想安稳地行走在凡尘，忘记了半生所有的记忆，踩着时间的细沙伴着潮汐漫步。为何，曾经深刻的记忆，会倏然间忘记，而不经意间触景伤情，还会被忽然间想起？

也许人生就像握在掌心里的一缕沙，有时候总想牢牢地把它握紧，但是岁月的这缕清沙，总在指缝间轻轻地滑落，而我却久久没有参透这般浅显的道理，仍然苦苦地纠结在那些前世今生的因果里！

琴岛晚风徐徐，海浪拍岸。在这落日的黄昏，行走在鲁迅公园，先生修长倔强的塑像迎风而立，炯炯深邃的目光，伴着斜阳的光辉，像人

生洗尽铅华的智者，安稳于琉璃世界，素雅而透明地修行。此刻，我敞开心扉，走进先生的诗文世界，做回真实的自己。

深刻的文字，乐观的信仰，像岸边自由飞翔的海鸥。凝心闭目聆听先生思想的豁达，忘记今日、忘记过往、忘记滚滚红尘里的婆娑。

青松树下，礁石缝隙里，看到了不一样的春天，其实我已经不太在意是不是已经春暖花开。只有回归大海，才能深切地感知——自己的力量是如此羸弱，仍需要努力。

挥挥手，那东海岸边的鲁迅公园、苍翠的青松、翱翔的海鸥、路过的繁华，都被我一一临摹进记忆。面朝大海，不问春暖花开。唯愿：再归来时，涛声依旧、苍松依旧，随心所愿、随遇而安，风轻云淡、宁静致远！

二〇一八年三月三十日　青岛学习班——鲁迅公园

# 陌上清歌

———写给春雨的情笺

　　我在春归待温的北方，你在花开如海的江南，煮一杯清茶，写一页诗情，祈祷你从江南步云而来，润泽风月温凉，安暖生命的过往。

　　春风十里，终不见你。此刻，微凉的北方，玉兰待放、梨花含羞，与你昨日邀约的书简，已穿越冬寒，走过岁月，抵达江南。盼你乘风而来，惬意红尘，落花满天，续写一场陌上花开、燕语清歌。

　　悠悠世间，纠结着太多的爱与哀愁，聚散分离，遇见时的欢喜，分别时的悲伤，生生世世就这样轮回循环。昨日天寒地冻，今日生灵皆舞，不过是一声春雷的情愫，而你止步于江南，负了四季，乱了春风。

　　生活里掺杂着太多的缘来缘去、人来人往。有时候为了某个人、某件事穷尽了一生的等待，耗尽了一世的情怀，如我在季节深处深情等着失约的你，而你却清绝、孤傲地徘徊在江南，不问归期。

　　就这样静谧在时光的深处，默读光阴；时光逝去，年轮增长，笔筏下写满了诗意和远方。关于你的久盼不归，我已心性淡然！

　　等待着在这个季节的渡口与你重逢，让静美恬淡的时光沐浴在无边的春色里。将世俗消泯于无痕，让春归大地、阡陌飞花。让我搁置的笔写满一世的繁华，挥洒出醉美的春秋。让草长莺飞，柳舞花红，岁月静

好，时光安然！

　　你无言的失约，荒芜了大地，沉淀了太多的凄凉与感伤，眼前的景物寻不到一丝生命的气息。午后一杯清茶，淡淡茉莉香，心情顿时渐渐开朗起来，忽然间懂得生活的美好取决于人的内心，如果内心充满温暖与良善，即使没有你，春天一样可以阳光灿烂，生机盎然！

　　在你迟归的阳春三月，我心已平和安然。人世间，很多事情就是这样充满喜悲，重要的是我们如何面对。而今走进走出的光阴，已是一段过往，顷刻烟消云散，了无归处。

　　半生迷离，半世流转，一季又一季的流年，轻轻地走过，从冬到春，用一朵花开的旅程，感受着季节里不一样的风情，不一样的温度，细细品来，也许这就是生命沉淀出的静美与安详！

　　晚春的时光，淡墨生香，世间的每一场赴约，每一场相逢，只为懂得它的人盛装莅临，我亦守心向善，期盼你在暮春时节如期归来。我，落座清心，静手奉茶，落雨听禅！

二〇一八年　植树节

# 守望生命

当春雷在离别中渐行渐近，第一场春雪如期而至，静谧安然，恣意飞舞！春天像校园内雪人的笑脸清纯自然，潸然而来。

冬的严寒永远夺不去春的希望，岁月的苦痛终是填不满轮回的音盒。寒来暑往，春夏秋冬，经年流转，岁月依旧静美！

历经沧桑，在岁月之巅放牧心灵，红尘、往事都将跟随岁月的脚步渐行渐远。盈一抹领悟藏于心间，在孤寂中将思念谱写，于一杯淡泊中，笑望生命的白月光！

二〇一九年三月

# 藏你于眉间心上

　　淋了江南烟雨，观了归隐落日，惹了相思，不禁击磬以歌。痴望天边，心虔"夕阳西下，断肠人在天涯"的惆怅，晚霞注入视线，已望不见你的方向，左手寂寞，右手牵挂，祈求一世安暖，依附于我的梦中，幽居在我的灵魂深处！

　　回望你离别时的天，特别的蓝，无尽的默默想念，形单影只疏忽多年，感怀自己的一番痴心，每当想起，幸福的泪淹没了脸颊！也许距离产生的不仅仅是美，还有漫无边际的孤独与惦念，经常会想永远到底有多远，哪一站会是生命的终点？到那个时候你是否还会承受我如此厚重的深情？思绪散落天涯，无处觅寻！

　　相遇是缘，相守艰难，滚滚红尘，茫茫人海，万事万物无可更替，想念一个人久了，也许会相遇！正如这份缘一直不远不近的就在那里，或淡淡相守，或给予情深。只是过客匆匆，无缘相候！

　　还记得在季节交替的那个瞬间，既没有早一步，也没有晚一步，在转角处恰到好处地遇见了你，任是缘深缘浅却再也无法割舍。静静地在心底种下一颗相思红豆，从此冬去春来，长成了一棵相思树，每到春来，那一季花香，暖到心间，触动心弦！

　　从此成了囿于情感的俘虏，以一支风月之笔，写尽爱恋，一半伤颜，一半眷恋！从此你像镌刻在我灵魂里的诗篇，想起你的笑，一种眷眷柔情缱绻心底，那丝丝惦念，淡淡的忧伤，百转千回于今生来世！

二〇一七年　虎丘

# 春

　　生命的过程是时间流逝的过程，在时间面前再伟大、再富有的人都无逆转之力。

　　我们无法买进也无法售出，我们能做的唯有利用、珍惜和享受时光。

　　四季的轮回中，春既是初也是末。生命的轮回中，人既有始也有终。

　　因为有了自然之爱，春天便有了生命，世界也变得万紫千红。因为有了人间之爱，生命便有了春天，人生也随之生机盎然。

　　春归的日子，将爱与希望放飞……

二〇一八年　元宵节

# 三月天　"女神节"

　　早春三月是一杯清茶里的浅韵，一树待放花蕾的低语，把相逢和遇见，缱绻成世间最美的原色。漫步于冬雪消融、日渐葱绿的校园，遇见你，也遇见了自己！

　　佛说，前世五百次的回眸，才换得今生的一次擦肩而过，而相聚今世此季的我们，该是前世怎样的一种修行呢！邀清风明月和我们一起走进春天，将美好轻轻地寄托，把即将别离的遗憾，独自欣赏！走过的光阴，像千山暮雪般的壮美，丝丝地融入岁月；玉兰的黛颜，已备好浓妆，像繁花如抱的锦簇，日渐繁盛！

　　春天，像半阕朦胧的古诗，希望在彼岸的诗行里散满嫩嫩的绿，挂满几树相思；看兰花待放的美颜，在"女神节"里随风传花信，花开亦知年；学院的生活虽也忙忙碌碌，勤笔书业，确是收获了一路的情意！唯愿可爱的女生，不忘初心，不负韶华；这一生有春可待，有花含笑，不负美好春光！"女神节"快乐！永远快乐！

　　　　　二○一七年三月八日　国家教育行政学院学习班

# 古丝绸之路上的贝加尔湖

贝加尔湖的雪在季风的怀抱里肆意吟唱，一遍遍扑来，一朵朵飞去！终究，没能走出西伯利亚的极寒之夜！雪孩子的泪花，哀怨地封存在洁白的童话世界，将心事结满一季剔透的霜花。

在冰雪的深情里，悠悠醒来，我看到了四月暮春细细的柳枝，像极了命运的纷争，用生的勇气舒展腰肢兑换薄逸的翅膀，慢慢地迁移在季节的轮回里，这个微冷的春天终究还是来了又匆匆地走了！

四月的雪最终没能抵挡住季节的感化，旷野里的贝加尔湖，烟波浩渺的水面，留住慈悲的情怀虔诚的云影，一如岁月里的光年。留下我，在阡阡陌上，在瑟瑟风中与远山对话，其实我已无言寄语！唯愿时光啊，你不要走得太快，容我在日暮中饮尽红尘悲凉，把思念寄向荒海，放飞给湖对岸的远山！

幽远的叹息斑驳了湖畔的石墙，域外的浮屠塔，刻着历史的风霜，渲染着漫天的黄沙，飞天的琴魔。悦耳的驼铃，残缺而忧伤，沟壑着一条千年的古丝绸之路。冥冥中，西行路上，铃声飘散，也许不为结局，只为把点点滴滴的情话，遗忘在这场往事如烟的西伯利亚人湖之恋……

贝加尔湖啊！我曾浪迹许多远方，才懂得最远的远方，是不能通往你的方向。曾经丝绸之路上那个叫骞的张姓青年在你的怀抱眠夜逍行，他读懂了你深深的寂寞，却只能泪别刺骨的柔情，奔向无边的荒漠。长河落日间走过时空的长廊，驼铃声声，穿越千年与我的脚步相携一程，又无声地散去，即使余生的路漫漫修远，我其实依然无可求渡。

　　对于五月，我只是过客。心里满满装着那汪清澈的湖水，不再渴望绿洲，拥有过那样深情的超度，让生与死，都如此的从容而淡然。任灵魂飘出，沦陷于神秘而清澈的湖底，心甘情愿地深深沦陷。

二〇一九年　芒种

# 晚　春

三月暖阳羡芳华

寒食日惊见疏雪

昨日繁花香满阁

今穿庭树作飞花

草芽不觉春色晚

暮春思绪愁自生

二〇一八年　清明节——寒食日　京城小雪

# 仲春惊觉

　　阳春三月，惊蛰既来，看看京畿之地，短得可怜的春天。还来不及感叹孟浩然的"春眠不觉晓"，就已经一江春水东流去。刚沉涵于小楼昨夜听春雨，古巷清晨便已满地桃花！所以春来时，抛开所有愁绪，在大好春光里，擎一本好书，在传统文化里，暖读短暂的光阴！春如陌上花开，正缓缓归矣！

　　　　　　　　　　　　二〇一八年三月

# 花落故人归

梨花暮

沧海桑田

红尘多悲欢

时光黯然江湖

卷珠帘

梨花雨纷飞

片片洁白都随缘

陌上花争艳

天上人间

同举杯

邀明月千里

沉醉爱与念

无论红尘苦乐

长相思

红尘来去

柔肠百转共缠绵

秋水长天比海宽

竟无常
一曲素弦音漫漫
转身惜别旧时缘
咫尺天涯已走远

花纷飞
人无泪
任凭雨打风吹

二〇一九年　暮春

# 爱的箴言

那一天
我给你
最深情的拥抱
只为贴近你的胸膛
感受你的心跳

那一夜
我给你
最温情的诉说
只为挽住你的手臂
留住你的余温

那一年
我给你
最真诚的爱情
只为走进你的心里
陪你信守黄昏

这一年

我懂得

看淡世事沧桑

内心方能安然无恙


这一天

我发现

遮不住爱你的喜悦

掩不住念你的忧伤


这一刻

我给你

最真情的告白与祝福

愿相濡以沫不再相忘于江湖


二〇一九年　春分

# 人间四月芳菲尽

恍惚中，时间就这样不紧不慢地走到了四月。诗人说：生命，是一树花开！那么四月的花开，或安静或热烈，或寂寞或璀璨，应该是最美的人间！

日子，就这样在岁月的年轮中渐次厚重，尘世间天真的、跃动的、抑或沉思的灵魂，就在繁华与喧嚣中，被刻上深深浅浅，或浓或淡的印痕。

凌乱惆怅的万瓣飞花，随春风起舞，隐秘无踪！不远处，为生计或是为事业打拼的人们，像有着风一样的灵魂！在岁月里不深不浅，不忙不乱地行走着！像云，没有云的轻盈；像雾，又没有雾的深沉；那就只能像风，风过了无痕！

二〇一八年四月

# 春　问

别后不知君远近，触目凄凉多少问
渐行渐远渐无书，水阔鱼沉何处寻
夜深风竹敲秋韵，万叶千声皆可闻
故园单枕梦无痕，眠也不成灯又烬

二〇一九年　仲春

# 愿你不是星空里的惆怅客

## ——送霍金西游

你无言地走了，在春风花海中去了
走得那么忽然，那么祥和
夜空里从此多了一颗智慧的星
尘世间从此少了一位与苍穹对话的智者

你穷尽毕生，构建的宇宙黑洞
从此更加无际无涯，不得其解
也许从此你安居在冰岛璀璨的星空里
也许逍遥在阿拉斯加的极光之夜

你为地球，为人类
在无风无雨的时空选定了安居的乐土

在高维世界里搭建了迷人的墓地
为人类的灵魂解析了神秘的四维空间

你为这个星球透支了太多的宇宙之谜
上帝愤怒地拿走了你健康的躯体
冻结了你对尘世的喜乐与悲伤
只留下你的思维与时空对话

我看到了你漠然的眼神和踌躇的背影
看到了你孤单的灵魂
你用神奇的智慧为人类解读了未知
自己的躯体却被束缚在轮椅上

你用堂吉诃德式的勇士精神
遍访了星光浩瀚的天穹
用唯一的两根手指，敲出了上帝的密码
解读出那些不存在的存在

你累了，你不再坚持
就这样走了，去了另外一个时空
去了无所不在的引力场和黑洞
消失在谜一般的公式里

终于你可以和暗物质相逢
可以和能量场相见
与时空、光谱、粒子交谈
继续探索你的奇点理论

我仰望万亿光年的星空侧耳倾听

倾听你留存在宇宙微波里的争论

倾听你对于黑洞玄学的雄辩

倾听你对于人类命运的担忧

愿你永远驰骋在宇宙苍穹里

愿你永远穿梭在神秘的时空中

愿你永远幽居在人类的灵魂里

继续守护着美丽的地球

继续呵护纯美璀璨的星空

二〇一八年三月十三日

# 光阴的故事

无论是简单的虚度，还是丰盈的收获，在国教院的故事就这样不紧不慢地写到了结尾！

短暂的停留，虽没让身心从此告别荒芜，却也卸下一身的疲惫，迎一怀书香与轻盈！从此天涯多了一些知己可以共走，从此可以牵手众生沧海共渡，从此安暖，清香拂袖！

辗转在生命旅途中的我们，没有多少故事可以真正被改写成幸福的结局，也没有多少时日盼得离人重逢！人生就是这样无常，一切都在无数悲伤与遗憾之间穿梭。也或许，幸福与快乐曾经都来过，只是我们匆匆地别离。

有人说：这世上，唯有两样东西无法触摸，一样是记忆，另一样是心疼。记忆无花，却永远盛开，心疼无痕，却永远清晰。我们都会在光阴的故事里被渐渐遗忘，生活却会依旧如常！

国教院里的花即将盛开，不是为了美丽，而是为了对倾情陪伴三周的你们说："再见！"

至此陌路天涯，寂寂流年，山高水长，不问归期！今夜，请允许我携一缕相思，与月光同眠，与往事悲欢，与流年相随，但不与君相忘！虔心祈祷学友归程平安，一路芬芳，一路花香！

二〇一八年三月　国家教育行政学院学习班结业

# 春 分

春风蓦然吹起，千树万树花絮

胸中逸韵涟漪，微澜静气无诉

蔷薇盛开之期，绯红乱了春语

我在花下等你，你在风雪归处

不知千里知己，春思欲寄何处

二〇一八年三月二十一日　语委办

# 这段特殊的时光曾路过你的青春

　　一场突如其来的疫情，使人世间的一切近乎停摆。教育系统开始启动"停课不停学"工作，把课程从线下搬到了线上。全国近两亿的学子积极响应，以饱满的热情迅速投入到学习中，不愧为我中华好少年。春天还徘徊在路上，返校日期还在等待中。面对黎明前的黑暗，感触很多，谨以此寄语中华少年。

　　什么是英雄。无私忘我，不辞艰险，为人民利益而英勇奋斗，有家国情怀的人。"新冠病毒"这个词语第一次出现在你眼前的时候，其实你死我活的战争就已经打响了。习总书记带领全国人民用中国智慧向世界递交了一份无法复制和抄袭的答卷。目前已经取得的成绩，是牺牲了几百万、几千万，甚至是上亿人正常的工作和生活换来的。那些美丽的逆行者们，包括牺牲在一线的医生和护士；那些噙含着泪水、满眼血丝的爷爷奶奶们；那些舍生忘死的叔叔阿姨们，他们是不是真正的英雄？曾经有人说过每代人有每代人的长征路，每代人有每代人的价值观。但是，我始终认为我们的民族对英雄的定义应该是永恒不变的。记得网上疯传着这么一句名言："哪有什么超级英雄，只是一群孩子换一身衣服，学着前辈的样子守护大家！"没错，多年以后，你们也将会成为社会栋梁，你们也会成为英雄。战"疫"还在继续，我们还在和病毒赛跑，你们是这个世界的未来和主人，我们所有的守护，就是为了你们的健康成长。所以，你们要安心当下的学习，好好思考未来的人生，更要懂得什么是英雄。父辈们不反对你们追剧、追星，但是更想让你们懂得谁才是你们该去追的星。接下来，我们还要团结地站在一起、同舟共济打赢这场战"疫"。休息的时候看看那些奋战在一线的"逆行者"，你能看到口罩后面的每一张脸，虽然疲惫但是依旧坚定，直到山河无恙，人间皆安！

什么是中国精神。以爱国主义为核心的民族精神和以改革创新为核心的时代精神。有情有义、有温度、有人文、有思考、有境界这是一种什么样的精神？这个漫长的寒假，我们被无数"逆行者"感动着，物资驰援仿佛赛场比拼，他们是一线战"疫"的生命赞歌。少年们，一定要记住"火神山""雷神山""方舱""中国速度" 这些关键词，很可能是你一生最难忘而特殊的经历，这就是中国精神。夜深人静时，我看到周围高楼里星星点点的灯光，我相信那每一盏灯里面都有一个咬紧牙关的家庭，那里很可能有你们的身影，你们放弃了最喜欢的集体生活，学着自主管理，一定也会对自己的小有收获而感到骄傲和满足，真心为你们加油！你们在线上课堂所做出的努力，也启发了我们教育思路的转变，虽然很艰难但很有价值。我想对即将参加2020年中考和高考的学子们说，你们这一代人差不多在"非典"时期出生，今年又面对了"新冠"这个对手，你们相信"时势造英雄"的说法吗？要坚强起来，你们都是好样的；未来考试成绩也许跟你预想的不一样，但是作为即将走向成年的孩子，责任和担当才是你们最应该接受的考试，中国精神更是你们需继承的，我认为这比试卷更重要。

人生多起落，世事多磨难。这个春天虽然多灾多难，但是一定会迎来花开，这世间的美好依旧值得你们期待。惟愿这段特殊的时光带给你的那份焦虑，会静静地在你的灵魂里栖息。

二〇二〇年三月　阻击新冠疫情随笔

# 也谈教育扶贫

　　教育扶贫是精准扶贫的重中之重。对于贫困县域而言，教育资源更加有限，农村中小学布局不合理化的现象也比较突出。大量事实证明，教育扶贫不仅是摆脱贫困的有效方法，更是赋予贫困地区内生发展动力的重要手段。教育扶贫可以阻断代际贫困的延续，其作用显著，影响长远。目前，教师的结构性缺位，编制设置不尽合理、总量需求不足，农村教师"留不住"，资金投入不足等问题在贫困地区还比较突出，需要采取切实有效的措施。教育扶贫任重而道远，我们一直在路上。

二〇二一年三月　落实教育扶贫工作有感

第二辑　岁月不居　时节如流

半身风雨后，仲夏莅临时，又是一树

繁盛，一场花事，忽晴忽雨的江湖，

烟火缭绕，随处可栖。

# 小 满

站在光阴的渡口，背着流年厚厚的行囊，走过莲香满天的清晨，告别雨落斜阳的黄昏，努力地想抓住时光留下的印痕，然后整理出记忆的片段，倾入所有情感。当一个节气蹒跚着走远，总会想轻轻地抚摸着那些尘封的印痕，然后在记忆深处升腾起对生命的敬畏，回望在风风雨雨中行走的自己，那些清澈的驿水天涯，那些光阴里的寂寞如花。

又是一年小满节气，"人生戒满"，小满也许是人生最完美的状态。面对自己一路走来的旅途，很多看似重要的印痕已经变得模糊，但更多苦涩的人生语句却更加清晰。昨日很多无法接纳的事实，如今已不在意。那些不舍得放手的人，已被轻轻地遗忘。

人生这个聚聚散散的旅途，欢喜与悲伤总是相伴而行。但

里更为重要的。

　　曾经的我，很天真地以为，生命里开满鲜花，每天面朝大海，花开四季。人生就是我想象中的模样，鲜衣怒马，历尽繁华，有如雷云浩荡天际，渲染着人生只如初见般的美好。走过茫茫人海，远了一程水，过了一程山。路过光阴的似水流年，千年朔风，不知不觉，忽然发现，很多的印痕留下的都成了曾经的誓言。期盼的最后都成了心底的呐喊。携手苍茫处，静水流深远。

　　人生虽承载着满满的渴望，但最后发现岁月不过是一段段不停变幻的旅途。有时候，也许面对的是一段没有尽头的旅途，沿路的风景，尽是凄凉与悲伤，但要学会用心微笑，把最好的呈现给别人，把最美的藏在内心。

最终曾经的印痕，都将成为流年里感伤的故事。像初夏风雨打湿的一朵晚开的花，简单平凡，无怨无悔，用半满的姿态，写意完满的人生。在生命里行走，在路途中感悟，每走一程路，都会在尘世间留下属于自己的痕迹。人生岁月，当如夏花。

二〇一八年　小满

# 醉美七月

　　细雨霏霏的夜，蛙声轻轻地从莲荷里传来，像风的呼吸和纠缠。忽然想起，时间已经悄然地走到了七月！提起笔的瞬间，心已被雨夜静静地融化！

　　七月像河里的莲，姗姗而来，冉冉升起一朵朵散发着沁人心脾的清香蓓蕾！雨后清风徐徐吹来，花瓣缓缓开启，心在雨中湿润的同时，多了一份等待与期许。这份期许，像夜莺的翅膀，牵着我飘忽在半梦半醒之间，它记录着一段青梅往事，承载着一段生命如歌，让我的梦想与深沉的相思，在灵性的想象和透着光亮的心海上徜徉。

　　在这份期许的邀约里，我仿佛看见了六月的时光蹙眉低首缓缓离去。七月，踏着莲花，晨钟暮鼓，姗然而来。我驻足在莲花台前，满心，期待如约的花期。

　　我仿佛看见，七月雨露里的那一朵朵花香，把缱绻的诗意放飞成梦中的白鸽和西天的云彩。在雨声如注的暗夜里，用心血和汗珠书写着爱与宽容，在心灵的世界里幻化成生命中最美的风景。

　　我醉在莲的神秘与幽远里，"船动湖光滟滟秋，贪看年少信船流。无端隔水抛莲子，遥被人知半日羞"。轻吟佳句暖上心间，婉约动人的微笑含着心中的美好和希望，驱散暗夜里浮渡的潮凉。

　　雨夜，城南旧事在回眸时刻转身告别，在蛙声啼暖中踏雨而去。

忽然听到一种幽远的声音，那音儿，是远离凡尘的木鱼从夜半的古寺传来，如缕不绝；那音儿，是从江南的雨巷石板路上踏歌而来，穿过了江南的烟雨花墙；那音儿，是雨中行者，穿过微凉的仲夏夜，在宋词里哀怨地浅唱；那音儿，就是莲在晨曦薄雾中，绽开明媚的微笑时发出的声音。很想，很想携带一卷童话，站在河堤之上，看莲儿在眷雾清云。在日日泛黄的光阴里，我来过，也用心走过，足够记载脚印的深与浅。

在时光一隅，静静地发呆，徜徉于雨夜温润的时光，莲儿在心里的影子，一次次化成痴痴的期待，那期待，早已定格成真挚的相逢。愿意在这样的清雨细吻的日子里拥有一份懂得与宽厚，尽管季节轮回，我于万水千山之间，但是，依然会在一片芳草萋萋里读懂一种蓦然的欣喜与感动，总会有一份相知相惜的情愫在刹那间萌生，那颗沉睡已久的心灵会在蓦然间苏醒……

今夜，我愿意抖落一身的疲惫，将余下时光里所有的美好与希望，像蝴蝶一样翩跹在遥远的梦乡。我相信那娓娓而来的荷香，一定会载着雨露清新，飞过千山万水，飞过雨落苍茫，飞到七月骄阳似火的蔚然，抵达心里期待的远方。

二〇一七年七月六日　雨夜

# 端午琴音

在瑟瑟风中，在独欢的五月！
诗人用倔强与坚持，诠释了灵魂的高贵！

今日，汨罗江畔，弱水三千，浅浅陌上！
有诗人飒爽的风骨，还有归去来兮的英魂！

转瞬的千年风云，漫漫俗世，悠悠琴音！
世人仍能感应到诗人的悲愤气息，报国无门的无奈！
惜诗人的怀才不遇，颠沛流离，满腹经纶，侠骨柔情，
却一生悲情，命运不济！

一阙《九歌》众生念起，踏浪行歌！
一首《天问》仰天长啸，亘古侠风！
诗人挥毫泼墨写下的不朽诗篇，如今，在大地苍生间颂
念，静阅依依！

祭祀那个五月诗人踏着蹒跚的步履，义无反顾，舍生
取义，心如磐石，血魂直入江心，谁人知晓，诗人的仰天长

叹，愤懑全息!

只有涛涛的汨罗江水懂得诗人的情怀，涟漪的浪花替他述说诗人留给后人的心语，对家国的喋血柔情，铮铮铁骨与忠诚，永远可歌可泣，值得铭记!

归去亦来兮，诗人真的没有离去! 请听! 风中还有他悠悠的叹息。

请看! 雨中他还在弹拨万古琴弦; 天边，幽幽低唱着他的千古一颂《离骚》曲!

二〇一八年　端午节

# 五　月

　　五月，我在光阴里播种情深。只为，思绪里的微温与感恩。像极我们初见时满地的飞花，和您微笑着的面容。

　　心里常常会有一种感动，为花开、为叶落、为日光倾城、为英雄迟暮，或为众生轮回。或许，所有的人世悲欢与繁华，都是绝世惊鸿一瞥。此刻我安坐庙堂，以书香为圣，听山和水，在思念的彼岸滚滚而来，任灵魂里微凉的诗意，在草木深处芬芳。您和远方成了我无限神往的繁华。

　　这个五月，明媚的清晨，撷一束阳光，摘一朵安适，泡一壶清茶，听一帘风的情话，低眉微笑，难得的清浅光阴，驿动的心，醉美了花开！诗人说：繁华的盛放，都是人间芳菲的过客，只有恰到好处的寂寞与孤独，才是年轮深处最柔软的暖。虽是淡淡的，却很温情。

　　想来，世间最动人的，应是寂寞里的一声浅淡的问候和几缕柔情！像月下未眠的花，百转深情，幽芳自远。

　　初夏的时光，独坐窗前与自己和解开悟共度混沌。《贝加尔湖畔》里，飘荡着悠远的歌声，循环着一遍又一遍。温热中，想起远方的您，又是一树的花开、一场繁盛。

　　初夏的时光，春风已渡，为伴的苍生穿越枯涩与沉寂日渐冉冉，光阴的流动装点了一场新的盛会，安暖生香。在这托一叶嫩荷，等莲台出水的季节，我朝圣着一份隔山隔水的思念，那是我余生最爱的烟火。

漫漫时光，蛙声啼暖，岁月微凉，盈亏不随人意而流转。也许万物苍生唯有相惜，才会相暖。

轻抚行过尘世的痕迹，许一个面朝大海、春暖花开的愿："此生愿意与您生死相随。"烟火的两岸，唯有不负时光，不忘初心，才是妥帖的岁月静好！这样的明媚，会在流年的光影里浅笑而安，长情，不聒噪，不浅薄，不轻易允诺，更不泛滥深情。这样的遇见，才会温暖岁月，惊艳时光！像荷花的绽放，出淤泥而不染，随着深情结伴西行。

只想，时光慢点，再慢点，让我可以用一生好好地去爱您，爱得深醉，爱得安然，爱得像迷路的羔羊，让快乐凝固在岁月里，让幸福融化在血液中！其实，人生中最好的陪伴是您用爱温暖了我的灵魂，您的柔情似水落在我的眼里，我的缓缓生香定格在您的心里，让爱的温暖开成花，美丽成幸福的花园，明媚成行，温暖成行！

　　　　　二〇一七年　母亲节　写给我敬爱的母亲

# 六月，与光阴同行

当季节的风轻轻抚摸着翠碧而葱茏的山水，向暖的日光，明澈而高远的照向你时，雀跃的心，与晨鸟言欢，与草木寄情，与晨晓讴歌！

奔跑在六月的清新甜润里，像一只快乐的驯鹿，在霞光魅影中穿行，体会人世的五味杂陈。旷野的风，徐徐而来，吹过鬓发，扬起思绪。驿动的心，随音缭绕，轻舞心弦。人世，自然，生命，轮回……潮起潮落间，交织出五光十色的画卷，勾起对生活对尘世的无限眷恋与诗情。

六月的光影，伴着阵阵徐凉，走过碧水茵茵的水泽，踏着绿野仙踪的草色，穿透季节的引力，与生命奔跑。就像人生中经过的路，跨过的桥，看过的风景，经历过的俗事，蓦然回首间，发现每一个孤单行路的灵魂，都像天边若隐若现的星子，光影微弱却刹那芳华！

流年似水，柔柔地流淌，轻盈回眸，茫茫地回望。风风雨雨数十载的光阴，跋山涉水，夙兴夜寐。每一段旅程在生命的记忆中都明媚成一道独有的风景，每一程记忆都旖旎成一处最美的珍藏！

时光，就像指间轻轻流过的音符，相信初心依旧，都能在千山暮雪中找到自己最好的归宿。生活，就像几十年前的那首老歌谣："苍茫茫的天涯路，是你的漂泊，醒来时的清晨里，是我的哀愁。"只要精髓犹存，便可成为千古传唱的神话，弥久生香。

　　午后，茶香一盏，闲书几页，在书海里徜徉遨游，丰腴而惬意。明月一轮，清风徐来，于盎然古诗中觅求醉美痴迷，不若做一个纯纯少年，山水里深醉，花香里轻舞，文字里婉约，清淡者芳香四溢，纯善者暖意融融，独守情缘的美丽，相信真爱的永恒！

　　许一份春暖花开的愿，用清浅素笔书写一份心念，此岸彼岸，我在这头，你在那头，遥遥相望，默默相守。

　　阡陌红尘，踽踽独行，一直努力做一名不负如来不负卿的汉子，眼内江湖像一片宽阔的海域，波澜壮阔处，彰显生命之美；波平如镜处，呈现生命之内涵；阳光普照处，碧波万顷，盈盈生辉。不必铅华尽去，无须千帆过尽，不管是海浪滔天，还是心如止水，我永远是我，不一样的烟火。

　　万物之灵的六月，愿与阳光携行，与挚爱相随，与心暖相拥，将情意隐于心底，把最真实的一面晾晒在阳光下，牵住季节的手，一起行走在琐碎而清瘦的时光里。你在，我在，阳光在，温暖同在。

二〇一九年　六月

# 云水禅心

夏夜，异乡听雨敲窗。一个人？不，还有触手可及的灵魂！

清瘦的雨丝，拉长了路边榕树的影儿。

昏黄的街灯，落寞地折射着雨滴。这个普通的江南夏夜，却潮湿了我的惦念，于是，柔软的心随着细雨在黑夜里飞扬，集聚成水，流去红尘深处。我亦听雨说禅，轻挽指尖上细细的流年。

夜阑观雨，清澈无尘。缓缓推开记忆里深锁的那扇重门，才发现已过半夏。过往的时光匆匆忙忙，令人无暇体会细细的风，瘦瘦的雨，清朗的月，时光无声地在心上行走，失了踪影。

此刻，江南这个雨夜，我亦思绪轻舞飞扬，遐思莲开于清池，兰生于幽谷，虽窗外有风逸动，我亦安享于小城的夜静更深。

　　雨滴归尘，飞溅的水花醉了时光，忽然想起昨日，隐于古镇那所百年沧桑的小学，斑白的砖墙，摇曳的老树，风采神韵美得清绝。书香气质的校长，她的爱与善学，智慧与引领，是那般生动而幽远。

　　身在这江南的雨夜，才能深刻地领悟校长那句触及灵魂的感动："教育从生活中走来，更向生命中走去。"或许真正的能量，不是活成了别人的样子，而是让自己活成了一束光，温暖了自己的同时，更照亮了别人。

　　西塘的夜真的很美，但是那些教育者脸上洋溢着的神采更美。

　　骤雨初歇，草木皆醒。敞开胸怀与小城的月夜把盏对饮。

　　推窗，潮湿的风，在耳边轻轻地喃语，念起昨日友人在敦煌发来的照片，长河落日，大漠孤烟，衣衫褴褛的孩童，破旧的校园和他说起的故事，久久在心头回荡。轻抚面庞，发现有泪流下，也许江南与漠北的巨大反差，轻触了柔软的心房，伤到了深藏的情怀。

江南的雨啊！感谢你，温暖了我的时光。祈祷你能带着这份友善的禅心，奔赴苍凉的远方，播撒爱的温度，让希望的种子拂过玉门，在友人支教的那片贫瘠的土地上化为一片绿茵，温柔地呵护那些弱小的灵魂！

此时，毫无睡意，池塘里蛙声扰荷，浓了夏意，人生转角处，偶遇江南夜雨，像一株未及盛放的花，恰好的温度，落于心湖，于是便把所有的心事与这雨夜交付。不惑之年，于人于事，逐渐言寡，心诚为佳，不随波，不附和，偏安一隅，兀自清寂……

蛙声阵阵，雨丝落下。人生何尝不是这样，雨停雨落间，总有离合聚散。

　　岁月静好的时光，应懂得守情，不困于心，静若幽兰，懂得韬光养晦，却深知进退，心眸敏锐，或行走，或静思，都能散发出人生的豁达之美；更应懂得守心，不乱于世，寂如莲花，懂得释放和珍藏，守着一份经年相安的丰满心事，在一季轮回的禅语里，安静地行走。

　　远处江枫渔火，雨声渐歇，惊觉夜已深。心已静，遂不在幽远。这段奇妙的江南之旅，收获的善学之风滋养着心蕊，从容地接纳每一寸静动相生的世味。

　　关窗，收回飘远的思绪，品味这夏夜里动人心韵的遐想。感谢这座江南的小城用缠绵的蛙声和雨夜，陪我走过了这一刻美好的光阴。

　　观雨如反观自己，听雨如倾听心声，恒久，绵长……

二〇一八年七月五日　西塘雨夜

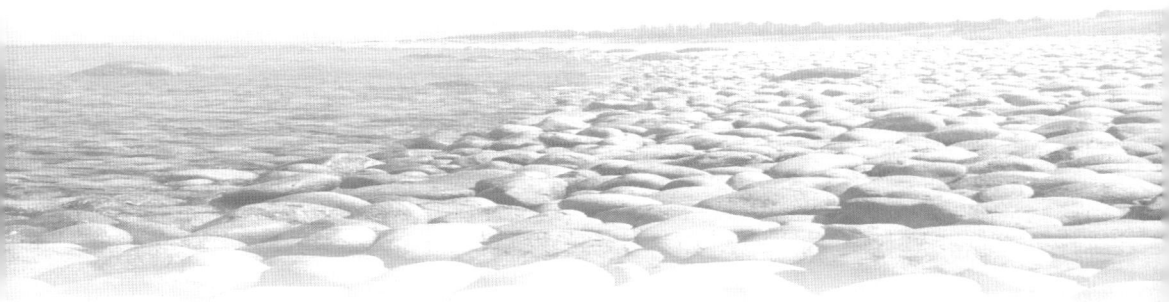

# 早安，六月

　　伴着窗外鸟儿清脆的歌声，六月的阳光，姗姗而来，明媚里浸染着淡淡的忧伤，或踟躇或领悟，青春的笛声散漫了一季河床，晨露的颗颗晶亮，像极了情人满含眷恋的目光。微风中蕴藉着告别五月浓浓的惆怅！

　　刚整理过草坪的芳香，伴着泥土的气息，栀子又在静静绽放，沉寂的日光里有着动人心魄的轻盈秾丽。让如火随风的季节，忽然之间多了清新与雅致，添了喜悦与诗意。多想时光就此停滞，让我沉醉在脉脉花香里。在这无可泅渡的时光里，你越来越近了，像触摸着如丝如缕般的微风，挥手间，微暖初见，六月啊，你真的在了！

　　曾经在五月里酝酿淡淡的离殇，背上行囊，赶赴时光止水之约，而今，这一段旅程结束，命运的列车载我于轮回的轨道，奔向新的远方。"此地一为别，孤蓬万里征"，怀念逝去的光阴，终究是令人黯然神伤！

　　六月的天空依旧蔚蓝依旧多彩如初，作别三月的风沙，五月的思恋，六月的花开依旧芬芳四溢，在你的眼中我看到了季节的匆匆，时光的美丽！而我只能潇洒地挥挥手，作别稻香中的蛙声，塘中隐现的芳荷以及永不再来的往昔！

　　天下没有不散的筵席，人生的旅程，原不过是一次又一次的离别，也是在这样明媚的清晨，曾是在岸边作诗的少年，把爱与宽容，真挚善

良缀满青春的画卷，时光荏苒间挥手告别青春和对岸吟唱窈窕的淑女！留住一份无悔的记忆，一份生命里刻下的伊人芬芳！生命是一卷剪辑的离别，画面愈是丰饶缱绻，离别愈是黯然销魂。

你让寒窗学子学会独处学会坚强。学会在爬摸滚打中淬炼出冷硬与刚毅，无畏将来，不念过往，不负青春岁月。

经历成长，忘掉荣辱毁誉，看淡成败得失，潇潇洒洒走人生，快快乐乐做自己。

思绪傲然，青春灵动。六月啊！你是人间最美的花开！

不一样的晨曦，帘风微动，你来了，在岁月中踏香涉水而来，如烟如梦，唯有珍惜，珍惜在栀子花开的清晨！道一声，早安！

你好，与彼岸相拥的六月！

二〇一九年六月

# 天际的大鱼

## ——为电影《大鱼海棠》而作

　　冬晨微凉，季节无恙。翻开那天，那个深秋琅琊古寺下酝酿的词句，耳畔轻轻响起那首细腻悱恻、空灵动人的音域："每一滴泪水，都向你流淌去，倒流进天空的海底。"柔软的歌声里，那个背影，那一抹微笑像一场梦依旧在秋风里。远方，人影渺渺，只留下我对着冷冬迂回着半城烟沙！

　　守着一季冬的萧瑟，时光穿梭间，思绪忽然没有了方向。风起的日子，心意里遥望的目光像长长的海岸线，在海水漫过的角落，那只会飞的大鱼，在梦境般的缝隙里缓缓游过，在天际间随着天上的白云轻轻流浪。等了整整半个冬季，风来过，雪一直音信渺渺，我只能轻轻地放开思念的绳索。

　　红尘匆匆，大鱼游去了何方？远去的秋色里，又添一层阴郁。前面，海，天际；身后，时间，烟波。念起大鱼时，那一抹惊鸿的浅笑，优雅地定格在时光之外，渐渐模糊。细碎的心情，被薄凉浸染上淡淡忧伤。飞去的大鱼，怕你飞远去，怕你随光阴离我而去，更怕你停留在这里……那些不经意间被季节折叠的光阴，总有一些潮湿了眉眼，润了心扉。

依窗，听大鱼的婉转清唱，品味两个青年人演绎大鱼与海棠的美丽。白云无言，天依旧澄蓝。那些琅琊旧事，忽然就跌落眼前。原来，在时光的筵席里，是可以放弃一份执念，但是唯独不能在回忆里缺席。相依山水之间，两两相看，不离，不弃，不远，不近，就像每一滴泪水都向你流淌去，倒流回最初的相遇，刚好的距离，留住了一份永恒。

感念时光的安然，且在冬季的深处听海浪低吟。那些喜欢或者不喜欢的喧嚣，且在红尘深处看落叶从容。看海天一色，听风起雨落，转身流年。大鱼的翅膀已经太辽阔，来与不来，念与不念，始终在那里，不离，也不弃；一如，那年飞去了天际，我只能凝望你沉睡的轮廓，潋滟着最初的生动！

不曾遗忘的岁月，如初遇时惊艳，倒流进天空的海底。原来，红尘，岁月，海水，无须刻意，却会自成一色。频频回首，那些短暂的如落花般的情谊，随了流水，即使漂泊，居无定所，也义无反顾。想来，大鱼在最后所有的念念不忘，会在飞舞的时光里，皈依了最初的色彩吧！

时光仍在，我便不离去，人生不过寥寥数笔间。窗外干枯的枝头，瑟瑟的喜鹊在阳光下独自摇曳。回眸，望尽那一川明月蒹葭。歌声已远，君问归期，无人解答。所幸，时光远去，大鱼的歌声还在，唱出一路芬芳，摒弃纷繁。

　　渐渐明白，时光轨道，人海如潮，不是每一种相遇，都可以尽成风情万种。不是每一种离别，都可以沉淀成生命的枉然。就像灵魂里飞舞的大鱼，最后还是会属于天际，我们只能放开时间的绳索。

　　大鱼，如果有一天，你在天际里的飞舞，成了书间的一阙旧词。那么，请允许我在时光里忘记自己，忘记你飞去的轮廓，停下疲惫的脚步，择一隅清幽，白天对弈，种菊，看花开花落，听风沐雪；夜晚，泡一杯浅茶，任茶香慢慢弥漫陋室，与友人共话桑麻。

　　人生一世，不过几盏茶的时间。四季的光阴，且观且语，且走且惜。你在苍茫烟波里游弋时，我愿意种下一世温暖，写下一生的云淡风轻，与风月无关，只留一份懂得。他年，若与你在陌上相逢，那些曾在光阴里留下的传奇，足以让一颗优雅的心，用一生去追忆。

　　悄走红尘，下笔清欢，琅琊山下的风景在一张张相片中浅漾。光阴里，那些泛黄的诗篇，诉说着昨日的故事。醉翁亭下的那个午后，一路染红的落叶，唯美了整个秋天。一路前行，只需与冬雪把盏，陪岁月无恙。

　　回首，那些烟雨苍茫间的相遇，在江南一首《大鱼》里缘起。感谢，那些记得，那些相伴。不曾刻意联系的念，或浓或淡，如那一首最爱的《大鱼》，在岁月深处妖娆盛开。其实，不曾转身，思念早已倾城。

二○一八年冬　琅琊山

# 故 乡

望着乌云缝隙透过的夕阳余晖，感叹时光像流水一样，转眼又是一天！远处，一只燕鹰缓缓地低旋，忽然想起那栋炊烟袅袅的老屋，才发现已经很久没有故乡的消息，魂牵梦绕的山山水水，一下子勾起了思乡的心弦！

窗外夜幕徐徐，忽然飘起了小雨，冉冉光阴在这细雨霏霏中，随着季节越走越远！忽然醒悟前半生的青春就在忙忙碌碌中悄然而去。故乡啊！你总是在我望不见的方向！

在黑夜中驻足，忽然想起多年前看到的一本书中周国平写道："当我在岸上伫望时，远逝的帆影最美；当我在海上飘荡时，港口的灯火最美。"但是此刻我却发现，当你行走在光阴的渡口频频回首，其实思乡的情结才最美！

当你停留在岁月的客栈敲响琴弦，收拾行囊，故乡依然是最长的惦念！时光匆匆，自从搭上光阴这条客船，就等于踏上了没有归程的航线。所以故乡的那盏灯火在心里愈加的清晰明亮！

"大雁飞去，下麦时归来；桃红枯了，春日盎然时会再开！"但是，故乡的面庞啊！我已无法再想起你的模样！

一念起兮，故乡的山山水水，无以言说的怅然若失席卷而来，默默无言里，总会泪潸潸，心涔涔。

痴痴看着几年前自己在故乡寒夜里的影像，仿佛看得见光阴在身上留下的痕迹，但是却无法看见光阴本身丝毫的改变。

虽然知道这世间最美的声音是母亲的呼唤，却总在近乡情怯中纠结着归乡的思绪。其实，眼泪一次又一次地告诉自己，回来吧，母不嫌儿丑，家永远是你最温暖的港湾！

在这阴雨来袭的夏夜，面对着远方发呆，梳理着无比荒芜的心绪，在夜色阑珊里，漂泊的灵魂真的累了倦了，想念炊烟袅袅的烟火气息，那是故乡纯纯的味道。

夜静默如水，无言地对着光阴发呆，思索着人生的玄妙，在缄默里，蛙声成了最好的陪伴，在流逝的暗夜里，它带走了你的灵魂与寂寞，迂回到故乡的山谷里，一如儿时的光影！

我不知道，看似快乐的神情里包裹着一个怎样寂寞的灵魂；我也不知道，在这个无处安放的灵魂里卑微着一颗怎样孤独的心灵。

我只知道，每当遭人误解、受尽凌辱，不想争辩、不想解释的时候，在沉默里，故乡像一个温暖的怀抱，抚慰我轻轻地安睡！

曾经以为，带给别人欢笑的人，从来不会悲伤，走过了才知道，那些真正让别人快乐的人，才深深藏着不为人知的疼痛。

忽然间一片云飘来，我竟会潸然泪下，那泪珠掉落花间，花儿告诉我，你想家啦，忽然看见肩上的行囊，行囊问我家在哪儿呀……在轻轻柔柔的歌声里，想念故乡那座村庄，在村庄的红瓦房里窖藏着我的一往情深，装着我坚韧的灵魂和不变的真心！故乡是我心灵最大的慰藉。

当我于滚滚红尘中独行，回眸时，故乡依然在，就是生命里最大的温暖与感动。

时光匆匆，故乡像一座坚韧的大山，永远护佑着它漂泊在外的孩子！容颜迟暮时，唯愿蓦然回首，故乡依然在，吾心亦可归去吾乡。

二〇一七年六月十三日

# 写给围城

曾经我也把爱，放进天青色烟雨，撑着油纸伞，走过雨巷，走进一座城，因为城中住着某个喜欢的人，想象着把日子过成诗，伴着岁月，执子之手，与子偕老。

当风雨碾落花期，烟雨已尽黄昏，爱已成惆，随风陨落，时光的足迹卷起昔日的美丽悠然远去，散尽了爱的芳香，唯有两两相忘，执子之手竟无语凝噎。

时过境迁后明白，当初选择一座城，也许是为城里的那道生动风景，为喜欢的那片海域，为一座熟悉的老宅，为邂逅那个愿意行走江湖、陪你看日升月落的那个人。或许，也仅仅为的只是这座城。

就像爱上一个人，有时候不需要任何理由，没有前因，不问结果，只是爱了……

二〇一七年五月二十五日

# 最美真性情

　　纵观人的一生，没有人是明月秋水总相随的，也没有人是笑语欢声永相伴的，总会有痛苦，有离别，需要我们去承受。人生像生生不息的河流，苦痛是转弯处；人生也像一片叶子，苦痛是流浪与漂泊。不过一切都没有关系，只要自己真正的强大起来，你才是超凡脱俗的，一个人内心的从容才是真正的强大。你的笑容、优雅、自信，才是人生最大的财富，一旦拥有了他们，你就拥有了全部，也将成为傲视江湖的真侠客！

二〇一七年四月

# 人生近午，半开莲荷

时光的轮回里，最美的等待是弦月初升、弯月如钩，这样的等待是一场入骨的奢华。

城外的风，合着紫竹苑里莲的半开，把缕缕清旷的风落在素笺的清欢里。这浓淡总相宜的落墨，恰如你我绝非偶然的遇见，氤氲了流年里花开花落的神韵碰触，这光阴的斑驳陆离，始终阻挡不了岁月里，今生俗世的约定，这约定一如月圆的惊喜，总有红尘的牵绊与懂得。

天上人间一眼万年，我用明眸望穿这让古今魂消欲断的柔波，在刹那间明白了，不管此生遇见迟暮几许，都是万丈红尘里必然的过往，恰似那半开几许莲的芬芳，终究会沾染你的气息与温存。

莲的浮萍是手掌经络的脉搏，那跳动直抵你滚滚红尘的领域。也许莲的半开，是拼却了半世的芳华，才等来此刻的遇见，它的脱俗娉婷，只为等一场与你的盈盈盛宴。那一晚，莲最后的绽放，只为停留你此生的脚步与眷恋。

莲开半朵，如红颜微醉时的脸颊，醉了阑珊处的美景，也醉了彼此灵魂深处的琴瑟和鸣。时光荏苒，光阴如梭，月色荷塘里，莲开的惊艳，总透着日子里的欢喜，还有心情的惬意，那洒满月光的莲池畔，总有隐隐私语，那是前世今生诉不完的情愫，那是你我凝滞的脉脉温香。

莲开半朵，明月素心。天穹深处，穿越时空的思念，我用双手捧起

满满的荷的淡雅，借着月白色的光，把这暗香浮动的柔软落在你灵魂的彼岸里，那将是我此生情缘的归宿。

如果梦回深处，依稀有莲的盛开与温润，不要拒绝，那是我步步生莲的唯愿，还有与你私藏的密码。

如果人生是一场修行，我愿在莲的洁净里幽居修行，在莲的陨落里轮回寻觅，在莲的花事里等一回缘的注定栖息……

二○○九年六月

# 在路上，感谢你们的陪伴

明天就要结束我们本学期的工作了，在这里我想和大家说两句心里话。在廊坊市这片教育的热土上，可以说这些年，我付出了最好的年华和我不再复返的青春。一路行来与路过我生活的孩童、老师、校长，爱过、恨过、也别离过。在时光飞快地流逝中，演绎过一场又一场灵魂与灵魂的碰撞，最终我觉得作为我个人来说，我完成了一个教育者的使命、坚守了一个教育者的初心、收获了一个教育者的情怀，无愧于这份伟大且温柔的事业。

特别是最近这两年，可以说我是如履薄冰、战战兢兢，很怕履行不好自己的岗位职责。那些因为思考发展而失眠的夜晚，思绪在月色中被拉得很长很远，那些学校、那些天真的灵魂时时刻刻揪着我的心。在这里我要感谢大家，无论夜静更深，无论沉眠入梦，总能在我打电话的时候，给予我最有力的支撑。让我从容地面对一切考验。

有的时候，我很感恩，感恩自己在廊坊市这份教育事业中被命运眷顾，遇见你们这群可亲可敬的天使，这样的缘分真的是可遇而不可求，就像被命运安排好了似的，我们都别无选择。有人说："爱情是在不经意间拥有的，当你一路寻觅时，往往都在擦肩而过。"可是我遇见你们这些携手并肩的战友，超越了爱情的馈赠，因为我们都没有擦肩而过，而是一路携手同行。

　　说实话，我也曾孤独过，渴望在教育的路上有人一路相伴，有人携手走过昨日的旅程。因为孤独久了的人，总会带着执念踏上寻找的旅途，思绪都会被这份执念占据，总想要一份轰轰烈烈的感情，来刺激这份孤独且平淡的生活。但是，遇见了你们，我忽然有了海子面对大海时的感觉，有了那种"面朝大海，春暖花开"的温暖，我不再孤独、不再慌乱，一下子沉淀下来！

　　再一次感谢大家，在人生的这段旅途，与我相依相伴地度过。正是因为我们一起负重前行，才换得廊坊教育今日的岁月静好。就让我们一起带着这份教育者的情怀和浪漫，继续往光阴的深处行走吧！

　　　　　　　　　　　　　　　　　　二〇一八年　寒假

# 做真实的自己

　　每个人的人生之旅，主角只有一个就是自己，一路之上也许会有鲜花与掌声，也许会有焦虑与冷漠，但是无论经历什么，不要忘记，要坚定地守住自己的人生。经历的每次跌倒，都是成功的伏笔；每一次历练，都会有一份丰盈的收获；挥洒的每一滴泪水，都会收获一次醒悟；经历的每一次磨难，都是生命的财富。

二〇一八年十月

# 在旅途

　　飞驰的列车，像满载爱与善的教育方舟，在奔赴的路上前行。过往岁月里那些掩卷难忘的温暖，触动心弦的片断，那些天真面庞的孩童，尘世里曾聚曾散的缘分，随着悄然而过的光阴，打磨成一阙清婉耐读的诗词。希望的旅程与温润的时光，像窗外的细雨啄窗，在这个静谧的清晨，滋养着生命的一段段旅程。人世薄凉，请大家守心向暖，学有大成！

　　　　二〇一八年七月三日　去嘉善考察路上

# 季节的渡口

谷雨后，晚春时节，站在季节的渡口，聆听风的声音，感悟岁月的心语，触摸鸟语花香的美丽，情不自禁在时光的纸笺上，书写生活的诗意，期盼远处踏雨而来的仲夏！依然喜爱姹紫嫣红的春天，因为她总能轻轻柔柔地陪你走过时光的隧道，捕捉尘世间的美好，过滤你的残缺！

静静走过百花怒放的陌上，默默品读人生冷暖交织的味道，感悟人生哲理。可喜可忧，得失随缘，心无增减，岁月清浅，光阴绵软，回眸之间，几十年就过去了。生命过往的脉络里，没有相同的色彩，无论是欢喜，还是忧伤，已归夕阳一抹！敲开仲夏的门，期待布雨的风婆，带着时光的旖旎，施予心灵深处的通透与清欢。

一花一世界，一叶一天堂，仲夏的每一片树叶，每一片舒展的绿色，皆是生命的轮回。品味烟雨中万物生长的欢喜，慰藉花落的悲伤。阙如人生，红尘之路五味杂陈，且行且珍惜，用如水般的心扉温柔以待，利万物而不争。世间美好，花语唯美，雨声动听。

一个暖心的晴日，一份唯美的心境，阅读人生诗篇，生命的单行道上，许多人会路过你的人生，有你的亲人，你的朋友，也有陌生的人，有的人温柔了岁月，也有的人困扰了你的青春，在走走停停间，有缘人相识相知，无缘人擦肩而过。

难得晚春晴日，与书相伴，浸染墨香，淡茶品味，马放南山，倾心自然。简单的日子，一份宁静，寻求心中的恬淡与安然，无论何事何物，皆是云烟！有些事适合在季节里留存，倏忽转身，遗忘在红尘之外！守着冷暖自知的光阴慢慢变老，亦是一种智慧和满足；庄子曰："人生天地之间，若白驹之过隙，忽然而已。"转眼就是暮年，浅吟低唱，不恋过往，活在当下，携手未来，幸福美好尽在韶华易逝之间！

二〇一九年　仲夏

# 寄语高考

高考出分了，无论你是家长、考生，抑或是局外人，都请从容平和地看待那串数字。这是因为，高考虽然是人生中最重要的一次考试，但并非是一考定终生的战役。

每颗种子都有自己的花期，每个孩子也都有自己的人生节奏。如果孩子考得好，请记得抱抱他。他们稚嫩的肩膀，竟也扛过了十二载的寒来暑往。每一分，都伴着清晨的朝霞和深夜的星光，真的不容易。如果孩子考得不好，请记得紧紧抱抱他。他付出的努力，没有比谁更少；他面对的压力，没有比谁更小。请记得保护那个比自己更加难过的孩子，在你看不见的角落，他或许已经深深自责到哭泣。

最重要的是，高考出分了，请学会不要打扰别人的幸福。或许你眼里的不尽人意，对于别人就是未来可期。学会做一个鼓掌的人吧，为每一个努力奔跑的孩子鼓掌。

二〇二一年六月二十五日

# 献给母亲节

　　也许我们会突然领悟，母亲其实是一种岁月，从绿地流向森林的岁月，从小溪流向深湖的岁月，从明月流向冰山的岁月。伴着生命的脚步，当我们也以一角尾纹、一缕白发在感受母亲额头的皱纹、满头白发的时候，竟难以分辨，老了的，究竟是我们的母亲，还是我们的岁月？祝福天下的母亲，节日快乐！

二〇二一年五月九日　母亲节

# 思念故乡的小城

　　时光煮水，这些年，我一直漂泊在外，人事消磨，初心未改。一个转身，一个回眸，又是一年。每逢此时，心中惶恐，怕小城内期盼的目光，怕胸口的那份疼痛，更怕浓烈如酒的莼鲈之思。常听人说："一座城，有了牵挂的人，就会想念至极，不是因为城有多好，而是那份牵挂放不下。"哲人也说："父母在，人生尚有来处；父母去，人生只剩归途。"是的，没有父母的故乡，我们只是匆匆的过客。

二〇二〇年七月

# 一路向北

　　在我们短暂的人生旅途中，生活顺畅也好，坎坷也罢，平静如水是最睿智的生活状态。每个人行走在人生路上都会留下许多遗憾，其中有些遗憾会让人久久不能平静，甚至产生消极的想法。但是，无论有多大的遗憾，我们都应该做一个内心有光的人，不惧岁月的浮沉，不畏时光的流转，让阳光照亮自己的生活。我们要能够在生活的溪流中缓缓行舟，让其承载着温润美好，微笑着前行。星光不问赶路人，时光终不负有心人。其实，善待自己，就是善待生活。

　　对于我们遇到的事和错过的人，都要坦然面对，平静接受。其实，人生的遗憾，不是错过了你认为是最好的人，而是你错过了那些想要对你好的人。每个人的阅历和经历不同，所以有些事情，除了你自己，谁也不会懂。有些无可奈何，除了沉默谁也不能说，任凭自己静静崩溃，再慢慢愈合，时间会带走一切。有些路，我们必须一个人走，这不是孤独，而是选择。有些苦，我们也必须一个人扛，这不是坎坷，而是责任。有些事情，不能诉说只有我们自己才懂。有种情感，不愿意放弃，疯狂地牵挂，再轻轻地收起。有时候，你也许会想：一路向北，会不会相遇？一路向南，会不会相拥？其实，世间的感情莫过于两种：一种是相濡以沫，却厌倦到终老；另一种是相忘于江湖，却怀念到哭泣。离开一个地方，风景就不再属于你；错过一个人，那人便再与你无关。一个真正值得尊重的人，眼里不应该只有星辰大海，也要装得下人间苦难，特别是自己内心的苦难。

二〇二〇年六月　随笔

# 父爱如山

　　六月，流金的日子，没有四月的细雨纷飞，没有五月的花语缠绵，可六月是一个温情的季节。栀子花开，父爱注定会蔓延。虽然父爱不会像太阳那样炽烈，但绝不会如流星那样一闪而逝，父爱会追随一生，温暖陪伴，不离不弃。感恩父爱，父爱永恒，愿天下所有父亲，幸福安康！

二〇二一年　父亲节寄语

第三辑　爱在深秋　不语倾城

这世间最动听的话，从来都不奢华，

反而越简单，越直抵灵魂；越朴素，

越能在时光的经卷里开出哲思的花。

人总习惯在如烟的世海里丢了自己，

而不自知。

# 北京的秋

看到蒲公英头上的白色精灵，兜兜转转，随季节的风飘散远方的那一刻，我才觉得北京的秋是真的来了。翩翩起舞的落叶，开始在季节的感召下，无言地飘入后海古老的河面，这一季的故事也随着微冷的北风慢慢被岁月封藏。老舍笔下的菊花，像旅人渐行渐远的脚步，被远方蜿蜒成岁月的回声！

与北京的秋似一场美丽的邂逅，刚刚金风玉露一相逢，却又不得不在蹒跚而来的风寒中渐行渐远，从知心的慰藉到无语的默望，才知道季节的痕迹总是在画上缘分的句点后选择遗忘！

北京的秋啊！你每一季的盛装莅临，都像落笔成念的诗行触及我内心最柔软的北方，每当温柔的风拂过，总能感知到过往岁月里相逢的场景，在心底仍是一道还未痊愈的伤。生命中短短数十载的倾心遇见又擦肩，注定了今生只是这一季轮回里匆匆的过客，无论我怎样的不舍与纠结，也成不了你眼中永恒的风景。有人说爱情是场轮回的宿命，前世的错过今生的相忘，是注定的情殇。那么，多年以后站在这季北京的秋日里，我又该怎样看待这一场风花雪月的事！

　　淡淡的光阴，把北京醉美的秋意封缄进记忆，任秋雨的薄凉漫溢思念的涟漪。此刻，我独处在城南的暗角，轻轻擦去那些因秋而念起的名字，那些曾在岁月清欢里熟悉的陌生人似青藤缠绕在心里，根深蒂固无法自拔。想来秋天就应该是这样的吧！既是一季多情的季节，也是一季想念的季节，北京的秋天，更是在想念中又多了一分无以言说的情愫，那是这座古城特有的味道！不经意之间，那些思念的诗行，熟悉的图像，就像这一季的笛声，在记忆里嘹亮。

　　萍水聚散间，就会迷失在北京的秋日里，像翻开时光的相册，一路走来留下的倾心文字，那几句发黄的稚嫩诗行，和那些曾经青春的誓言，深情的留白，像岁月的沙漏缓缓流过，舒缓而惆怅，枉我依然不忘初心，倾诉着这座古老城池浓浓的情话。当青春渐渐淡去，那些留存于思念里的诗意却无从收尾，只留在秋风中彷徨。

就这样在北京的深秋里迷失，我试图拾回曾经的温婉记忆，却再也拼凑不出这座古城往昔的模样！这一季人生路上留下的故事如同散场的电影，知道了结局却无法再回放演绎。也许淡忘了曾经的美好，抹去了深深的思念，此生再不相见，再无相欠，像是一场深情的圆满。就像思念的诗行散落在寂寥的秋风中，沉淀在季节烟雨里，聚散依依，两两相忘！

再一次与北京的秋重逢，让我想起美好的过往，想起在这

秋风秋雨的暗夜，那些在青春时节走进后海的日子。那些幸福的面庞，那些穿越万水千山的呼唤，那些凝望的回眸以及深情笃定的目光，都将在这一季被小心地收藏！

　　北京的秋啊！我会好好读懂你每一季的绚烂，在时光的背后，关闭记忆的窗，收藏所有的感伤！像一个寂寞的歌者，传唱着对你永生不变的亘古牵挂，用我歌声里的温柔，一生与你深情相伴！

二〇一七年九月二十三日　秋分

# 秋日骊歌

来不及追赶最后那场秋雨，也来不及拥抱被北风席卷而去的岁月，秋就这样一路狂奔着，越过季节的山丘。

站在冬的路口，回望一路走来，邂逅的人、邂逅的事，有欢笑、有泪水，最后发现原来我也只是秋天的过客！

慢慢地告诉自己，季节的悠远，四季的流转是年轮的更替，不必感伤！无论你喜欢也好，悲伤也罢，岁月依旧会变迁。其实，遗憾何尝不是一种洒脱的美，那些所谓的岁月静好，也不过，只是在诗篇里唯美着。对远去的秋日，仍然会说那句美好的祝愿：你若安好，便是晴天！

冬的不期而至，让我渐渐明白：无论你好与不好，都与季节无关，只有深爱这时光，深爱身边的亲人与朋友，才不会辜负这季节与轮回！因为风景永远等的是过客，只有等到的才是归人。也许是习惯了，风起的时候，雪落的瞬间，会有悲伤的情绪蔓延，其实既然累了，就应该放下了！

虽然喜欢秋天，喜欢秋天的文字，喜欢秋天的故事。但是冬天同样有暖阳与温情，这些年，关于雪，关于爱情，已经像《白蛇传》里，被断桥上残雪淹没的情节，无踪无痕。故事里的事，每天都在重复着，已经无法判断哪段是真，哪段是假，哪段该属于在季节里留痕的笑颜！

黄叶飘零，落叶满地的秋啊！我用我的感伤，轻轻地与你告别。在风雨的街头，那些听过的老歌，那些擦肩而过的陌生人，没有谁能回头，没有谁还会顾及你站在岁月的风口！曲终人散的时候，只要你想走了，就可以挥一挥手，我绝不挽留！

　　清冷的冬日，似水的光阴，渐渐让心归于平静，简简单单的面对季节的又一次迁徙，只要阳光还在，落寞与无助终会无声地散去，我也会在冬日里把秋天留下的唯美整理成芳香的花朵，娇艳出离别的美丽。然后驻足在人生的某个角落里，模糊爱恋，把自己和岁月一起遗落……

　　风过，叶落，缥缈着的沙，裹挟着素淡的光阴，充实的日子，浅浅的回忆，默默地想起，远远地回望，一份温暖，一份安然。然而，我还是决定，在季节的路口，把遗憾篆刻成朴实的文字。只为可以慢慢地回忆……

　　"后来，我终于学会了如何去爱，可惜你，早已消失在人海……"听着"奶茶"优雅无痕的清唱，慢慢懂得，能让自己流泪的，原来不只是思念，还有成长。有些人，有些事，最终只能变成记忆，放在山丘的后面，无法逾越。走过了，驻足了，也就明白了。经历过的，最终还是要选择遗忘！

　　在初冬，挂起想念的帆，也许想念的不是这个走远的秋，而仅仅是某一段时光，在那段时光里落下的爱恋。怀旧，也许不是那段红叶满天的风景，而只是在感恩那一段秋色无边的历程。坚定地走着，更不是为了那段恼人的秋风，而只是我在回望秋雨里的那段沧桑。

　　怀念秋天，怀念秋的淡然，怀念与秋清浅的相遇、清浅的相处、清浅的相伴。怀念秋色带来的无声之暖……

二〇一七年　立冬

# 秋的礼赞

夏夜的最后一缕微风，吹走了花间的雨滴和素淡的光阴。你的脚步，姗姗而来。静默时光深处，听风儿幽幽而语，看星光点点而过，年轮缓缓入骨。

风过陌上，轻抚着季节的温婉。时光，像一指沙漏，星月像半城的烟沙。你就这样在时光深处缓缓地盛开，像爱的忽临，欲言又止；像眼波的流转，欲说还休；像前世今生都想把这世界爱到骨子里的情深深，意绻绻！

你像一盏明灯，驱散了我心灵的黑暗和岁月的荒芜，让四季的光影彼此相连，携我一起抵达有花香、有清风的月光彼岸，放逐于芬芳肆意的人间。

你是百转千回的缠绵，是情意浓浓的眷恋，是才下眉头、却上心头的思念。是植在月色里，用如水的光阴，慢慢浇灌、慢慢呵护的一页诗行，一字一句里，都有梦的美、桂的香和爱的芬芳！

行走在你的光阴里，是欢喜的，也是寂寞惆怅的，用微笑与泪水浸泡的相思，醒来的是梦，醒不来的却是一个俗世的故事，光阴里的幸福，就是交织着爱的悲喜，甘愿与季节一起深醉！

　　在你的光阴里，书写爱的箴言，用心聆听爱的悸动，一样的纠缠，如诗行般碰撞出风月的痴恋。行走在尘世间的我，牵挂的已不只是在文字里，更多的相思已深深地绽放在烟火里，温暖着心灵，惊艳着寂寞，时光承载着这份沉甸甸的暖。在陌上，我是你匆匆的过客，你亦是我等待的归人。

　　静坐光阴，疏忽红尘，每年一季的遇见，是前世注定的因果轮回，但是在最深的年轮里，每每都会错过。

　　从年少到年老，我们曾相遇在《诗经》的《蒹葭》里，相遇在唐风宋雨里，相遇在桂花满眸的嫣然里，相遇在木槿初绽的静好里，相遇在枫林尽染的落红里……因此，我感恩岁月，感恩时光，感恩与你的遇见，感恩我每年途经你的一季，无论何时，无论何地，无论何景，感恩你赠予我的最美时光，让心在爱的诗笺细说心事，听秋雨缠绵……

光阴如梭，掌心的皱纹写满了你的轮回，你说，你愿在此深情吟诵我的诗句，我说，我愿梦里的半城烟火为你绽放；你说，你拼尽全力只会留住一季芳华，而我心甘情愿，用尽余生为你走过整个雨季。

泛黄的书简里，夹杂着张爱玲的诗句："遇见你，我变得很低很低，一直低到尘埃里去，但我的心是欢喜的，并且在那里开出一朵花来。"是啊！每到你盛装降临的季节，我轻盈地奔向你的花雨，你缓缓地走入我的梦乡，为你，我愿意低到尘埃，在心里开一季昙花，暗香轻渡。

渐染秋霜的你，像一个沧桑的归人，辖一湖碧波倒映的青葱，风起，涟漪着羞涩遍染藕香直入心田，生出一眸的秋水长天，盛满相思的爱恋，有你在四季，不枉我一念初心对你一曲风荷，三千诗句。

素淡的光阴，从不轻负；与你的遇见，在笔墨的素笺里，在风儿幽幽的语声里，在云朵飘飘的青沫里，在诗语的隽美风骨里，此季的心在这一栈风景里不再流浪，不再漂泊，有了停靠的港湾，有了情感的依附，从此，一纸素笺，笺满无悔，一切美好，因为温暖相随。

你来了，走了；我们聚了，又散了！红尘，相思未尽，风起，花落无声。秋依偎，一语未尽，已成昔年，往事待忆。你带来了四季的更替、生命的轮回……

云水禅心，佳期如梦，年华在桂花树上开出淡雅的花，岁月在时光的心中刻下刺骨的印，浅浅相遇，静静收藏。看这记忆的山水，云烟雾绕，一涧溪水，些许鸟叫，几许花开花落。最不愿说沧海桑田，但还是雾里看花，流年去远……

千年修得同舟，万世方得共济，芸芸众生里，没有谁是谁的唯一，却总有人在你这季轮回里心甘情愿地迷失，像无法自控的棋子，相望不相语，相聚不相依，难道这是一场轮回的过失？

愿手握今生此季再约明朝叶落林红，暮暮朝朝，来来去去……

二〇一七年九月三日

# 又见敦煌

又是九月，这一季的狂欢就要散去，远山夕晚，千里风吹，白萍断水，一载芳华即逝，火热的夏季收拾行李准备开始远行，但余温仍深醉不醒迷失在岁月的城池里，减了三分秋意。

午后窗前，在咖啡的醇香里，享受温润的时光。浅浅的凉意和一丝清忧，如碎梦般乱了秋风，在收获的季节里总是掺杂着一丝别绪！

忽然想起那日敦煌的大漠流沙，张骞蹒跚的步履、悲喜交加地仰天长问："请问，此地是敦煌吗？请问此地真的是敦煌吗？我想问问这个地方是不是敦煌啊？你们必须马上回答我，这里是敦煌吗？哈哈哈哈哈，我知道、我当然知道，这里是敦煌！我回来啦，我回到大汉了。"悲声在漫天的风沙里回荡了千年，恬静的月牙泉，像干枯的沧海中剩下的最后一滴泪，也在轮回里守候了千年。

无论在不在西北，只要走过敦煌的人，就已经留在了历史的故事里；想不想起，越过沙丘的足迹都留在了岁月的长河

里，也许此生会再见，或许此生永不再见。

敦煌，这座古老的城市，随手捧起一把沙，就是一段历史！随手翻开一卷书，就是一段故事！我与敦煌相遇在一段没有预设的旅程，那份在流年中不经意的相遇，一如漫天的烟花，惊艳了时光，温柔了岁月，也醉了那一年的初秋。

行走在莫高窟，我一直想问：大漠的落日下，在这荒凉的古堡之中，反弹着琵琶的人是谁？那吹箫的人又是谁？就这样在那里激滟了千年又千年，任岁月抹去红装，斑驳得伤痕累累。

凝望着飞天的琴魔，我想也许这世间所有的缘，都已在前世中注定，因为前世的缘未了，所以情融素墨，今世在黄沙满天的古堡中再遇见。不然红尘济济，为何仅一次昂首凝眸，从此念亦飞扬，心有挂牵，飞越万水千山，从此反弹的琵琶落进了我笔下的水墨丹青里。也许这就是缘来缘去缘如水吧！

古丝绸路上的印痕像一米阳光润泽了每个晨曦，让原本干涸的生活，瞬间葱翠了起来，溢满了生机，让这初秋平静的水面荡起了一层层涟漪。时光匆匆，岁月悠长，历史的风烟远去，彼时在西北的时光里装满了太多的期待，从此人生的行囊中不再装着昨日的寥落叹息。

在行走的旅途中，一边得到也一边失去，所以学会了且行且珍惜，珍惜红尘中一路同行的美好，珍惜人茫人海中相识的不易。

半城烟沙相伴，半路云水相依，那笔直的孤烟，那些千年不死的胡杨，西行的驼队，路上的山水沙丘都释放着历史的光芒，仿佛一切浸染了诗情古风。

走在风烟俱寂的丝路上，人总会心生一种莫名的忧虑，如果张骞当年不西出阳关，不与心爱的人诉别离，彼此温暖相陪，红尘中不染惆怅，牵手共赏长河落日，让一路的繁华伴着岁月慢慢老去，是不是也会成就人世间一段佳话？

　　时光折叠，尘世喧嚣的千年风雨，留下的仅仅是一句悲凉有力的呐喊，伴着张骞孤独的心绪一路向西。后来在晨钟暮鼓中，在山高水远处，韶华不再，容颜迟暮，后来的后来就挂在了历史的转弯处。

　　浅秋的时光，在一杯咖啡的光阴里，又见敦煌，希望可以再次与大西北重逢在花开的季节，在美好的岁月中观大漠孤烟，赏长河落日！

　　今生已无缘邂逅张骞，希望在回望的时空里可以对话，问一问他那么多年，西行路上可否有人为他撑伞，可否有人与他一起走过丝路，穿越黄沙……飞天的琵琶是否会在孤寂的午夜弹起，千年前西行的路口，是否依旧还有他的归期？

　　　　　　　　　　　　　　　二〇一八年九月六日　忆敦煌

# 我以千千阙歌，迎你月满西楼

————感恩一路相伴的同行者

　　岁月无情不觉得，匆匆走过不觉得。后来，不觉得间，心慢慢觉得。

　　走过一段路，一缕时光，一种情景，不觉得太惦念，冥冥之中，醒悟了又忘不了。真忘不了，又觉得那般的记忆犹新，仿佛就在昨日。

　　曾经走过的岁月，尽管不再复返。但是，深重了我们的生命。

　　曾经路过的那些人，即便不再同行，至少各自安好。

　　匆匆那年，总是有失有得。总是，恭送别去的岁月，恭迎即刻的时光。

　　将远，已远去。觉近，接近来，眼下的每一步，稳健着前行。

　　某一天，再回首，生命的花朵馨香浓郁，不枉走过的过往。原来，匆匆那年，匆匆走过，能让人愈发珍重。

　　否认过去也好，承认过去也罢。你还是你，只是更懂得你的你罢了。从前生到来世，恰好路过人间。你要懂得，仅仅是路过。

　　传说中，凤凰是人世间幸福的使者，每五百年，它就要背负着积累于人世间的所有仇恨和恩怨，投身于熊熊烈火中自焚，以生命和美丽的终结换取人世的祥和与幸福。

　　如同匆匆那年的不觉远，这是浴火得以重生的不觉近。同样，在经受轮回后才能得以更美好的重生。

　　一个人不空对月，不空余恨，优雅诗意即刻风发。由此，痴情以往，热爱不息。

二〇一九年　元旦

# 贺学友全毅兄履新

迷人的秋色，枫红荒野，遍飘果香，又是在季节的转角处，秋风捎来友人的佳信。

回身遥望，过往与全毅兄舞文弄墨、举杯豪情的时光，生命的版图上，又增添了一圈年轮的厚重。

生活里有坎坷、有荆棘、有平坦，也有欢笑，正如忠民兄击缶深情而歌："这就是生命该有的模样。"

这一年，是是非非，嬉笑怒骂，生活里的鲜衣怒马，都已随秋风飘进了时光的隧道，尘封在另一段经年的路上。

而我们的人生，依然继续在下一个路口相待，希望全毅兄邂逅另一段风景，在另一种人生际遇上，依然不惑、不魅、不惊不扰，潇洒于红尘阡陌里。

感恩生命中的遇见，那些云水禅心中的缘分，那些岁月里安暖的相依。尽管世事沧桑，人情凉薄，我仍然期待你在光阴深处一枝独秀淡雅迷人地绽放！

二〇一八年九月三十日

# 落叶满长安

西楼暮，一帘疏雨，落叶满城。

公子如玉，年少轻狂，鲜衣怒马。

相遇时春风十里，灯红酒暖。

我为你青丝高挽，你带我纵马天下。

我执一把青伞，为你许下一世长安。

你依终南古槐，为我论剑华山。

蒹葭苍水，向来情深，奈何缘浅。

从此，一个转身两个江湖。

街东酒薄醉易醒，朱颜素生千古愁。

等待似灯火阑珊，相思了无益。

从此，离经易道，只为你。

从此，卸甲归田，只对你。

问君何处，叶落花无语。

古道马迟迟，目断夕阳外。

伊人无踪迹，何日是归期？

怕无归期，怕空欢喜，怕来者不是你。

怎奈，相思入墨，字里行间全是你。

爱那么短，遗忘那么长。

渺渺吟怀，漠漠烟中柳。

秋风生渭水，落叶满长安。

二〇一九年十一月　为古意长安而作

# 回首国教院的深秋

也许这季不一样的深秋，会让我们想起很多的过往和一起走过的流年，那些细碎的光阴以及年轮踏破的诗行，只为捡拾起那年那月在国教院一起欢度的暮春，挥手来晚了的那一场初雪。如今，在这个晚秋被风雨潮湿的经年，我们各安天涯、各守江湖，依然执念一人一心，在岁月里平静地生活，闲庭信步观云卷云舒、看花开花谢，这样的安宁与心动，已是人生的一种别样风景！

二〇一八年　深秋

# 莫高窟

## ——飞天舞

落叶枯，凋零了荒城

立城门，守候那归人

眼中残魂，史册不真

如你渡我，累世情深

只愿此生一等再等

叶落几载，古树盘根

菩提树，守护着城门

秋去冬来，岁月转身

我在等，等酒再温

雨纷纷，官道人稀如针

我在等，不想饮恨此生

日暮沉，西风敲打着城门

荒城里回荡的是，再等

秋风瘦，牧人醉

我再等，伽蓝木鱼声

这孤城，有谁路过

将因果赠予我

我守着菩提，念着因果

执着难舍，不忍离别

等你渡我，断了这心魔

等你随我，人世浮沉

千年后，画窟中，定解脱此身

步着红尘，跟着你，一世不分

荒城外，暮色中，望眼欲空

二〇二〇年　大雪节气　敦煌

# 静守八月的城南

## ——与全州城离别

少年听雨歌楼上，红烛昏罗帐。壮年听雨客舟中，江阔云低、断雁叫西风。

而今听雨僧庐下，鬓已星星也。悲欢离合总无情，一任阶前、点滴到天明。

——〔宋〕蒋捷《虞美人·听雨》

转眼间秋已至，时光就这样不紧不慢地在岁月的轨道上行走着。在淡淡的黄昏，听着窗外淅沥的雨声，想起这首《虞美人·听雨》，感慨人生之短，少年追欢逐笑享受陶醉，壮年慷慨以歌触景伤怀，老年享受寂寞孤独，一生中的悲欢离合，尽在雨声中呈现。人世中的一段段，一幕幕，真是天凉好个秋啊！

回想过往的一路追寻，恍如昨日，却又很遥远，无法触摸。滚滚红尘在身边走过，我只是一个步履匆匆的过客。仅是人潮人海中一粒微细的尘埃，在岁月的河里，泛起的一个涟漪。今天我在你的城池里把酒问青天，慷慨以歌，明日却踯躅在离别的渡口。我曾经以为我会深居在你的心里，其实时光的恍惚，青春的面庞已经模糊隐去。你说，我想知道一下你的行程与彼岸，把你留在记忆里；我说，我就是从你生命里走过的一个路人，那些路人里，可能每一个都是我，每一个又都不是。

其实生活就是这样，我们都在这个多彩的人间泅渡，不是想记起谁，也不是想忘记谁。你有你的容颜和气质，我有我的书香和天涯。但我终究是平凡的人，与你平凡地相遇，平凡地分离。每一天，每一年，寒来暑往，只道是寻常。

季节的琴音已奏出淡淡的清愁，在告别的路口，你我深情地遥望，忧伤滑落，流水无声。三年的匆匆时光，换来一场人间的别离，寄寓一段因善学而来的缘，古人说：缘来花开，缘去花落。这样的别离，优雅中，多

了一分疼痛。禅意在纸端，浅浅洇开，宁静淡雅，似兰草低语。仿佛这样的离别，就是适合在秋天结束。

长亭外，古道边，一场适时而缠绵的秋雨，一树被风轻拂过的栀子花，托付给屹立千年的你，无须言语，无须拥抱，彼此深情的眼神，一路随走天涯。在走远和守望中，那个离去的背影，比岁月还要长。也许今生我们还会相逢，那时候，打开时光的窖酿，在月色下，你我一醉解千愁！

悠悠尘世中，不是每个人都可以做到遗世独立，我在最灿烂的时候，转身离你而去，告别黄卷青灯，暮鼓晨钟，直入红尘，也是一种清醒的洒脱，一种对生命的敬畏。

雨声淡淡，若隐若现中，忆起怀梦而来的当年，校园的书院、咖啡馆，那些老旧的建筑，曾经激励我，追寻攀登学知顶峰的梦。定格在那季校园里的身影今生再也不能相忘。

　　在这初秋的季节里，我伴着雨声一遍又一遍地回忆，那段远去的城南旧事。也平静地穿越人生这场难以言说的离别。像一页被雨夜惊醒的诗篇，刚才还在千年之前，此刻已在千年之后。可站在季节舟头的我，容颜更改，昨天的城池，只老去那么一点点。

　　一扇初秋的窗，有夜雨悠缓地踱步，有友人留下的赠语。还有我，独倚窗格，见窗外满地纯净的秋叶任雨水轻轻地拍打，轻轻地，安睡在季节的怀中。为了明天，为了你我不远的相逢，我愿意，接受这场离别。躲开雨夜的怀抱，让自己静静地走远。

　　有一天，如果你从这座古老的城池经过，看到一位手持书卷诵经的男子，请不要打扰他的清幽与期盼。你看他，倾心安然地守望在城南的渡口，不是期盼相逢，而是等待离别。

　　　　　　　　　　　　二〇一七年八月十八日　全州大学毕业

# 江与江南

——登滕王阁有感

"落霞与孤鹜齐飞，秋水共长天一色。"赏读《滕王阁序》中绝美的诗句，远眺江上秋色的安然，有深沉醉人之美！赣江像一条生生不息的血脉，在光阴中缓缓流淌；两千多年的古城，像一颗优雅的棋子，安放在诗意的棋局中，温婉着江南一季季的绚烂。

深秋一个阳光绵软的日子，平静而美好，信步滕王阁上，聆听历史的涛声，观越瓯引东！望着湛蓝的天空，奔涌的江水，闻着桂花的幽香，在一段闲暇的时光中，回眸英雄辈出，各领风骚数百年的痕迹，领悟人生之短，江湖之远，顿感烟花易冷，岁月真是不堪细数。

　　摩挲工匠沟勒过的历史画面，像捧起一把史诗的泥土，刻满光阴的老树，从容地落地生根，舒展出片片的枫叶，走远的生命就这样又鲜活在今生俗世里。一抹深秋的晚霞，将灵魂的心事，归隐在寂寂的涛声里，忽然有一丝隐隐的感动，如果没有曾经的江与江南，历史与英雄，宿命与江湖，城会在哪里？我又会在哪里？

　　其实生命的每一季都应该像滕王阁上的秋色一样静美。人生路上，或许，为了某一个季节的浪漫，我们用尽了火热的情怀，当一季风来，将火热的暖情变成心底的一抹微凉时，那爱与冷漠之间已然相隔了千里岁月。所以，我们应该敬畏这季节，敬畏生命，敬畏这穿越历史风烟的楼阁！

　　滕王阁上的诗句是岁月里的温情，回眸，那些曾经的歌舞升平，斗酒诗百篇，曾经的别离和凄凉，早已被时光缥缈成江南的烟雨，那曾经的深情脉脉，一地情长，在禅韵的心香里，品味成历史与从容。

　　曾经阁上的那些风花雪月，那些沉淀在墙上的唯美故事，那些古老的风烟，那些随文字起舞的欢乐与忧伤，还是会让人心泛涟漪。当一切东去，泛黄的文字和书简已徘徊在秋天的路口，世人仍会虔诚地念起那些诗意的浪漫、牵绊与释然。

雾起暮色，极目楚天舒的高阁之上，秋意的色彩越来越浓，江上白帆点点的轻舟，醉意阑珊的船家，顿悟生命的来来往往，确实来日并不方长，与灵魂相拥的不仅仅是历史的烟雨，还有紫色的梦想，一丝期盼的渴望和忧郁，在江水的起起落落中，唤醒记忆沉重的印鉴。

岁月深了，阁院里梧桐树下的牵挂，也借着点点的星光，渐渐褪去风尘仆仆的年华。历史如一坛陈年的老酒，醉人的是悲情的回味。或许，留在这一季阁楼上的诗意与绚烂并非亘古，但是时光锤炼过的记忆，却依旧浑厚如昨。

陈年的旧事，落在眉间心上，唤醒了发黄的记忆。与

滕王阁的片刻相逢，以及被岁月搁浅的渔火，已安静地躺在时光里。曾经的沧海，最终经不起光阴的风尘，伴着追忆的江水与史诗的星空，东流去也！我在桂花的暗香处，依着这阕斑驳的《滕王阁序》，独享苏轼这一笺墨香。

守南城淡淡的烟火，赏深秋的美好，以江水为沙，请长风亲绘千变万化，登高阁一望，这古城的神话，一场离别，让史诗化为千年壁画，滔滔江水，汇成世间一弯新月，城墙之上，我放声高歌，倾我心，到沧海，千年之约，馨香满怀！

人生最诗意的美好，就是怀一颗感恩的心，在秋水长天一色的季节里，登高阁，在历史苍凉的沉思中，素淡地面对生命！

二〇一七年十月二十三日　霜降

# 爱在深秋

　　一场不期而遇的秋雨，淋漓着盛夏的余温，寂寂无声地挥洒在季节的缝隙里，片片秋叶，瞬间也变得斑斓起来，如涂了五色的淡妆，随风起舞，与这多情的季节告别！在有雨蔽窗的时光里，一杯温热的咖啡，一抹淡淡悲秋的心事，一份暖意轻抚的安宁，让渐行渐远的光阴忽然变得明朗起来！

　　在季节的轮回里，一些牵挂，一些岁月的安暖，摇曳着时光的静好，裹满淡淡的沉香，缓缓地走过流年。那些放不下的繁杂过往，舒缓着脚步跨过四季。轻抚着昨日的一丝丝伤痕，在时光的年轮里写下了淡然与宽容。

　　梳理着青春的脉络，走在这场不忍离去的秋风秋雨里，不管时光带走的是欢乐，还是情殇，在命运的格调里，早已波澜不惊。只想把那些经历的符号和印记，轻轻地安放在季节里，默念一份恬静与安暖，让爱写满深秋。

　　在这缠缠绵绵的雨天，寻常的日子，却在浅浅的光阴深处刻下了时光的印痕，昨日的秋意依然安恬美丽。徘徊在季节深处，有的时候不是不想抓住那些春华秋实的美丽，只是在宿命的时空中，每个人都有太多的无奈，忧伤中又不得不以淡然的方式放手。

　　这样的时光总是透着一半温暖、一半薄凉。如果岁月能许命运一个转身，在人生的渡口，是不是就不会有那么多的爱恨情殇；若这场柔柔的秋雨，带走了痴缠的季节与风月的无边，明日的天空一定是没有雾霾浸染的湛蓝。

有爱的季节，温润而美好！生命里的感伤，就像这稀稀落落的秋雨，守着岁月的静美，淡淡的飘零。红尘中的悲欢离合，像一株蒲公英的种子，凝眸转身的瞬间，就已经流浪远方，抱憾了一世的欢喜。

人生几度秋凉，卷着伤心的雨随风而去。凡尘的素美，轻抚苍凉的红叶温柔入诗。静静地坐在微凉的雨天，烹一盏岁月的清泉，将细瘦的文字，放逐到时光的茶壶里，然后倒出成熟的优雅和自然。感念生命是一树的花开，一场人在旅途的美丽。

人生路上，一半是漫步红尘，另一半是倾心回望。光阴的花开了又谢，岁月的风起了又息。站在时空的单行道上，看着逝去的光阴，望着斑驳的岁月，终于懂得世界是自己的，真的与他人无关，苍老的是年华，沉淀的是成熟与淡然。人生就应该像这一场薄凉的秋雨，看着轻轻柔柔，悄然无息间却席卷岁月，安然远去！

年轮就像这场雨过无痕的深秋，你可以看见她的妖娆，也可以懂得她的热烈，当你在她的怀抱里哭过，笑过，爱过，伤过……人世间，阅尽人生的苦辣酸甜，最终你会在红尘中，浅守清寂的时光，植下淡然，时光煮雨，爱在深秋！

二〇一七年十月十日　秋雨

# 最难忘却故人诗

## ——边城往事

　　走进边城，就像走进了一段停滞的时光，随手捧起一把溪水，就是一段历史；随手翻开一页文字，就是一段故事。仿佛在半盏茶的光阴中蹚过了四百年前的沱江，锁住了时间，走回到明清时期的烟雨街市之中。

　　立足于风雨桥上，沱江两岸，风景如画。百年的商铺、古朴的茶楼，像经受住了时光的洗礼，错过了人世的繁华，仍是旧日的模样，斑驳的锦绣天地上，纯粹的人间烟火中，让你感觉站在这里的，无一是你，无一不是你。穿行的时光啊！撩拨着我的心弦，目送岁月渐行渐远，像在这风雨桥上留下了一幅未完整的画卷，静候光阴。

　　温柔和缓的沱江，像母亲深邃的目光，慈爱地注视着南岸的城墙、回龙阁前的吊脚楼，一望便是千年。那幽远的目光里映射了太多的心灵独白，太多的春去秋来；承载了太多的柳绿花红，太多的烟雨情愁。

　　北门古城楼下，沈从文先生的余音仿佛还在绕梁："等一城烟雨，只为你，渡一世情缘，只和你。"已经无从考证当年先生到底带着什么样的心境，挥泪离别，留下无限相思于风雨之中，想这尘世，历史的苍茫，入心入肺的词语太多太多，唯有思乡的这份情感不可辜负。

　　漫步回龙阁古街，感受着四百年前的小城故事，温馨着土家、苗家留下的星斗棋文。老城依旧这样依山傍水，任由清浅的沱江从胸膛缓缓地流过，那些戴着民族服饰的土家阿哥、苗家阿妹，像行走在沱江上的浪花，穿过锈迹斑斑的铁门消失在古城楼外，忘记了归期！

也许从千万座城池路过，唯独会对故乡一念倾心，天涯陌旅，只有在这里才会转身苍凉。站在城下，很容易入戏，殇情落泪，刹那间伤悲，无力下一次呼吸，唯有用心感受沱江的温婉多情，舒缓忧伤。在边城，你若用心，顷刻就能勾勒每一处风景；你若提笔，瞬间即可画出几缕相思！

走进凤凰，就像走进了人间烟火，走进了温暖的世界。那些在时光里走远的文人墨客，苗家的酋长土司，最后都沉淀为旖旎的这一帧山水。然而边城的花依旧有情，人依然有爱，驻足在山川鸟语，草木有情的世界，你和我一样，愿意缘随昭华，任年轮一圈又一圈的飘远，在此蹉跎一生。

二〇一八年　中秋追忆凤凰游

# 教育者的情怀

## ——读"横渠四句"

"横渠四句",是北宋张载的名言,即"为天地立心,为生民立命,为往圣继绝学,为万世开太平"。当代哲学家冯友兰将其称作"横渠四句"。由于其言简意宏,一直被人们传颂不衰。大意是:读书人其心当为天下而立,其命当为万民而立,当继承发扬往圣之绝学,当为万世开创太平基业,说出了读书人应当有的志向和情怀:天下、万民、圣贤之道、太平基业。

作为教育者,深深被哲学大儒的精神境界所打动。"横渠四句"不仅体现了哲学的智慧和人文价值,更是为教育者在学术追求和社会责任方面指明了方向,让教育者能够跳出教育的视野从大境界、大胸襟、大情怀、大担当的价值坐标去审视教育理想。"横渠四句"所呈现的"天人合一"境界,体现了中华古代思想文化的博大精深,对当代的教育者仍然有着十分重要的指导意义。

### "为"的思想境界

"横渠四句"中"为"的思想,给人以无穷的力量。人生在世几十载,应该打造大作为、大担当的精神特质。作为教育者,我们本身就承担着教书育人的责任和使命,不仅自己要呈现有作为的进取精神,同时也要用我们的精神影响身边的人不要颓废;要积极进取,努力为国育人、为党育才。虽然，每个人的能力有大小，影响有强弱，但是只要能够积极地面对社会、面对自己、面对身边的人，传递正能量，就是一个有担当、有作为的人。当前，我们正在向着第二个百年奋斗目标迈进，任务艰巨、使命光荣，需要我们共同努力，积极进取，在不同的工作岗位上，发挥最大作用，实现最大价值。要教育好我们的下一代，培养造就社会主义合格建设者和可靠接班人。

### "立"的思想境界

"立"是一种境界，更是一种格局。作为一个教育工作者，我认为，首先应该立自己。我的学问还够不够好，我的德行还够不够厚，我还有没有创新精神，我的管理水平是否到位等，要经常对比深度反思，鞭策自己、勉励自己。这样在面对受教育者的时候，我们才有足够的自信，也才能不断地进步。其次是立天地。随着科技越来越发达，世界变得越来越小，社会环境越来越复杂，传统的知识边界越来越模糊，每个人都需要不停地学习，不断地发展。作为教育者更要树立终身学习的思想，不断提升境界；要适应社会环境的变化，正确认识教育的"边界"，接纳社会的转型。要坚守教育者的初心。最后是立众生。全球化浪潮越汹涌，对个体的全球胜任力要求越高，加强学习能力和管理能力建设迫在眉睫，培养从多维度批判分析全球和跨文化议题的能力建设越来越重要，而如何提高在不冒犯人类尊严的基础上，与不同背景的人进行开放、适宜、有效的互动，是教育者面临的重要课题。创新思维能力培养、协作能力培养、批判性思维能力培养、解决问题能力培养等，将成为我们教育者对未来人才培养的巨大挑战。

### "学"的思想境界

"横渠四句"中"学"的思想境界最为高远，也最具传承性。中华文化源远流长，人类文明发展到今天，文化血脉唯一没有被中断过的就是中华文化，这灿烂的文化和深入骨髓的教育基因也培养了中华民族的善良、坚韧、吃苦耐劳的精神境界。作为生命的个体，在人类历史中如白驹过隙，能够生逢这个伟大的时代，成为教育者，何其有幸。我们既要传承好先哲留下的学问，提高自身修养，把中华民族的文化基因传播给我们的后代，又要通过教育与世界、教育与社会之间的纽带，传播教育信仰，增进人类的福祉，进而用教育改变社会，用教育改变国家，用教育改变世界。

"横渠四句"中自然性、开放性、传承性的思想境界和人文情怀，启示我们教育者要用积极有为的心态和刚毅果敢的气质，以苍生为念，探索自然，继往开来，经世致用。

　　　　二〇二一年十一月　访问北大元培学院见"横渠四句"随笔

# 中　秋

　　踏着细雨路过中秋，季节便也不再寂寥，因为我在咫尺，你在天涯，手里攥紧发黄的那片叶子，像抓住了最后一抹相思。细碎的光阴伴着此时的心跳唤秋风缓缓而来，将经年的记忆存入时光深处。待我们白发苍苍，红颜不再，循着光阴的年轮，依然会觉得岁月静好。也许每个人之间，只是一个回首的距离，不远的时候，我在你身后；不近的时候，你在我梦里。就像嫦娥一直深情地遥望着吴刚，成就了中秋的亘古佳话！

二〇一九年　中秋节

# 遥祭恩师

一个宁静的夏夜，收到学友的消息，说您离开了我们。心忽然间颤抖。记得当年，您意气风发，肃立讲台，一卷史书，万千爱意，倾城于北方。从此少年的灵魂与您相逢，卸下了茫然。即使，春天来了又走，花儿开了又谢，青春的岁月在您的长袖善舞下安稳地美丽着。

如今与您隔水相望，仍心存感激。曾经的时光因为有您，心绪了无烦忧。一路历经的繁华，触手可及。此刻，提笔书写您给予的岁月，曾经那些有风、有雨、有花开、有雪落的日子，是那样美得令人心动。而今您已梦栖红尘。但是您留下的美好和记忆仍然会为我们遮风挡雨，这些将是我们用一辈子，慢慢感受的最温暖的记忆。

驻足潮湿的夏夜，好想生一炉烟火，继续聆听您抑扬顿挫的授道解惑的清音。那些时光曾陪我们走过了少年时候的每一寸光阴。您慷慨的书香情怀、您知识的厚重、您对难以解惑时的不语，在我们心里种下了一树洁白，丰盈着我们沧桑的流年。相信有些遇见，是注定也是宿命。今生能成为您的学生，我觉得是上苍对我们最大的眷顾。

今夜，让我们隔着时空感受您生命的厚重，静静地与您的灵魂对坐，无须言语，因为习惯了，静默着在您的守望里取暖。

今夜。相依月色，紧握着您送给我们的发黄的书简，还有您从未改变的初衷。我们也愿意将今生所有的爱恋，奉献给教育的麦田，只为继承您的衣钵。不负岁月，不负您对我们的嘱托。像您一样做一位深情的守望者，幸福安稳下去。

还记得，那年那个大雨倾斜的午后，您不顾糖尿病的身体，把唯一的雨衣披在了我的身上，自己在雨雾里狂奔而去。第二天您没有出现在教室，代课的老师说您生病了，很严重。我知道是因为那段长路，那件雨衣……那些温暖的时光缓缓流淌。我能感受到您对学生爱的真挚、爱的安然。

梦里，几次回到毕业那天，学校的那个操场，您和大家郑重地一一告别，您告诉我们，您会想念我们，因为我们是您带的最后一届毕业班，送走我们，您就要退休了。大家听着流下了离别的泪，您却笑着告诉我们，可以随时回来看看学校，看看退休在家的您。我们离去的瞬间，我用眼角的余光看见了您脸上的牵挂和泪水。经年的风，虽然带走了时光，但是那情、那意，却成了一路的守候，温婉了我们茂盛的光阴。您的深情，让我们心生眷恋。虽然好久不见，但是一路不敢相忘。

夜色寂寂，照无眠。今生，我们是您用心浇灌的一粒粒种子，您是我们生命中的一阕古老的诗篇，我们会永远留住对您的思念。那些年，那些天您在我们心间种下的种子，早已开出了清雅的兰香。您的引领是我们信念坚定的方向。此刻，风过的瞬间，我仿佛听到您遥远的呼唤。温柔的心，瞬间濡湿。

多少年的奋进，多少年的漂泊。在此刻，我终于可以卸下盔甲向您倾诉情深意长。多年的奋斗，如今我安居于一座安宁的小城，从陌生到熟悉，守着平淡的烟火、绿水青山，被岁月恩宠着。日子，在平淡中一天天走远。季节轮回无数，对您的思念始终如一在记忆的梗上激滟。

点燃这篇文字，任光亮盛满心房，许我一段素淡的岁月，于尘世里盛放安然。让这段文字随光而去，漂到有您的岸，能与您共守这一夜的梦境。我愿洗尽铅华，静手擎书，陪您一梦千年！

二〇一七年六月

# 浅　秋

又是一季浅秋，细雨微风，金色麦浪，心的风景里，总会有半亩花田缓缓绽放，总会有温暖感动着深情。我爱这平凡的烟火人间，我爱这精彩的世界，它交织着太多的悲喜！

二〇一九年　秋

# 教育是一种信仰

时间飞快，转眼假期悄然而至。有时候，我在想，作为一名教育工作者，其实生活本身就已经给了我们太多的可能，我们面对着那些天真的孩童，那些生命的本真，已经是远离了世俗的纷乱，何其幸运！我们应该多学习多读书，多去提升自己，用我们的精神力量去影响和点亮那些幼小的心灵。

所以，这个假期里，希望大家能够不忘教育者的初心，在休息好的同时多读几本好书，只有拿起书我们才会把一切美好种在心田，也才会有足够的学识和力量去影响那些不同的心灵，让他们生长出不一样的信念和思想。

习近平总书记曾谈过领导干部读书学习应该有的三种境界：一要具有"望尽天涯路"那样志存高远的追求，有耐得住"昨夜西风凋碧树"的清冷和"独上高楼"的寂寞，静下心来通读苦读；二要具有"衣带渐宽终不悔，为伊消得人憔悴"但依然百折不挠，心甘情愿地勤奋努力、无悔付出的精神；三要具有"众里寻他千百度，蓦然回首，那人却在灯火阑珊处"那样坚持独立思考，学用结合，学有所悟，用有所得，要在学习和实践中领悟真谛。

这三种境界启示我们，作为教育工作者，我们不但要读书，而且还要有明确的目标、有不移的恒心，还要提高读书效率和质量，讲求读书方法和技巧，在爱读书、勤读书、读好书、善读书中提高思想水平、解决实际问题、实现自我超越，最后能够更好地去引领那些纯净的心灵。

二〇一九年　深秋

# 一千零一夜

那一夜，一场深秋的细雨，南院黄花满地，叶落戚戚，踯躅岁月洲头，低首冥思尘缘过往，迷茫间夜色阑珊，琴箫情缱，千年烟雨氤氲着西北盐湖的梦魂归处！

那一年，我祭起高原上的风马，悠然于西海岸边的王城，任历史的风烟在碧水长天的湖面轻轻地游荡。

这一刻，在深秋雨巷，我将心绪低入尘埃，依稀着你的广袤与伟岸，念你前世今生的情缘，远处撑起的油纸伞，像你悠远的湖面，合拢着我掌心的眷念，就着月光和夜雨，忆起那年那月那场人与湖的倾城之恋。

这一夜，我的思念无涯，我的相思无边，回忆成了雨夜里最刺骨的痛，看雨像饮尽一杯苦丁茶。

其实，无数次，我都会在长河落日的远方，翻开最美的那张相片，冥想着，会飞到你宽广的湖面，在你的胸怀间尽情地随候鸟飞翔，这样的心事，总是在春来的时候苏醒，秋去的光阴里长眠，冬瑟的时候消亡。

这一夜，我蹚过寂寞，与光阴分别，在你看不到的地方，祭奠着对你的点点滴滴心事，让深秋夜雨听到我内心的惆怅！

青海湖啊！这一世，我是你，隔水相望的暖心知己；

这一生，你是我，恋恋红尘里，无法触及的江与江南。

雨歇，回眸处，塔尔寺里的记忆化为绵绵丝雨，归去时光的轨道，

碧绿的苦丁泛起淡淡的绿色，有些回忆，虽已馨香不再，但仍是记忆里的芳华，唯美着整个四季，痴了过往！

流年寂寂，笔下沉淀了太多的倾城岁月，但是那一年、那一刻掉落在青海湖上的那滴虔诚的眼泪，却如一记风华，在记忆里沟壑下清绝的嫣然。当记忆栖身于岁月的枝头，我依然，在熟悉的雨夜，停留，写字，安抚着自己躁动的灵魂！

二○一七年十月十四日　青海

# 感悟人生的温度

有时候我们耗尽半生
去追逐下一站的风景
却视而不见身后的人
愿意用半生的时间
只为追逐一个你

难得的是那个人愿意
陪你把沿途的感想活出答案
陪你把独自孤单变成勇敢
陪你把想念的心酸拥抱成温暖
陪你一直把故事讲完
不温不火一直默默
陪你走到路的尽头

但有时
我们只顾欣赏沿途的风景
却时常忘记偶尔回头
给身后的那个人
一次温情的招手

二〇一九年　深秋

# 缠绵往事

时间像一条河，岁月像一盘棋局，那么往事是什么？

往事是一湾倒置的时光，是清澈见底的蓝天色。

那些人世间迎来送往的情意，生灵的单纯与欢愉，无关四季的冷暖，最终会被他年的记忆安恬收容。

有那么一天，回眸的时候，灵魂的起落间，会一点点还原到最初的美好模样。

在人生的旅途，奔赴的路上，沿途流转不息的风景，生动又温暖，希望我们对牵挂得起的爱，与可执手的幸福，都能够温柔以待。

平凡的世界里，希望大家怀着一颗质朴的心，穿过时光，走过四季，不缠绵于往事，微笑着度过余生。

二〇一九年十月

# 疼 痛

半生花开、半世花落，秋风和春花的距离总是那么遥远，走着走着便开始担心慢慢睡去不再醒来。

赤手而来、空拳而走，苦痛与幸福之间总存在着一个缺口，熬着熬着就会发现人生已从序言走向尾声。

不想就这样离去，因为还未曾到达诗和远方的田野；不想就这样陨落，因为还未曾享受甜美和芬芳的爱恋。

去与留，苦与甘，谁又能逃过？

二〇一八年九月

# 写在学业尽头的留言

　　终于毕业了，这一天，是一直努力奋斗和期盼已久的结果，可是真正到了这一天，麻木的神经更多地是徘徊在那些奔波在午夜机场的日子，每次最后一班红眼航班带走的不仅仅是匆匆的时光，还有步履蹒跚的青春！永远忘不掉那些练习韩语练到嘴唇麻木、抱着课本睡着的寒冷冬夜，也记得因飞机晚点午夜时分才到达学校而被锁在宿舍门外、在雪地里徘徊到天明的日子。三年的时光，在人生的长河里也许不算很长，但确实是我最苦痛、最挣扎、最艰难的三年。每每想起在课堂上行云流水、应付自如的我背后的艰辛和付出，便心痛不已！再见吧！我的博士时光，我再也回不去的青春！

二〇一七年八月　别全州

# 爱在初秋

初秋的西北，天微凉，黄河岸边站着一个信念坚定的老人，眼望滔滔河水，但分明眸子里比傍晚的水面显得更加干净清澈。王勃在《滕王阁序》中写道："落霞与孤鹜齐飞，秋水共长天一色。"一幅完美的别样秋景，给人以无限遐想的空间。一个心中装满家国情怀的人，一个心中装满子孙后代的人，一个心中装满诗意的人，他眼中的万物都带着色彩和慈爱。

二○一九年八月　黄河观后感

# 偶遇深秋官厅小站

　　若偶遇一间茶屋，那就沏一盏茶，坐下来，细品慢尝，直到日落西山，晚霞红了半边天，亦不知味；若偶遇世间最小的车站，那就停下步履，慢下来，用一分钟走完小站广场，亦不知归。生活的真谛，熠熠生辉。既是花开绚烂后的平淡，也是叶落无声时的从容。流年似水，一去不返，人来人往又一秋。

　　二〇二一年八月二十二日　官厅水库笔记

# 教师节快乐

　　世上从来没有一种职业，能像教师一样，将个人理想、国家未来、民族梦想紧密联系在一起。天涯海角有尽处，只有师恩无穷期。恭祝天下的良师益友节日快乐！

　　　　　　　　　　二○二○年　教师节寄语

# 人生的荒原古道

人生路上，不断地感受着风带来的清凉，也感受着雨季来临之时的猝不及防。沧桑浮沉、离合悲欢，一直淡定着走过、错过，却也一直留下遗憾。

岁月的阴晴圆缺，纵使让我们生出诸多的相思，也难以抵制大自然的四季枯荣。太多的牵挂和太多的不舍，绊不住我们的脚步，而我们也在一程山水，一路如歌的行程里，再一次做了心灵的俘虏。

其实，人这一生何其短暂，纵是我们的阅历无线增长，也不过是山河画卷里的一滴笔墨。

尤其是看着一个个熟悉的人近了，又远了，最终消失在生命的长河里，那种无助和悲凉，令人再也不忍提及。

二〇二〇年十月　随笔

# 秋日哲思

　　秋已至。时光的脚步走到了不惑之年。记忆中今年是雨水最多的一年。几乎没感觉怎么炽热，夏天就过去了。北方的秋天格外清爽，今日清晨，已经有微微的凉意，下过雨的天空非常清澈。生活哪有那么多意义呢？很多无意义便是意义。夏天的最后一天，似水潺潺，终将带走很多，也会留下了很多。

　　　　　　　　　　二〇二一年八月　随笔

# 七夕留语

　　红尘深远，风月无边，世间所有美好都在恰逢其时中。初见你时秋雨中的那份微笑，如茶香一样清淡，浅浅地飘在灵魂深处，却让漫长的光阴不再寂寞。

　　相逢时寒冷冬夜的那个拥抱，如晨曦的暖阳，温暖着你我的步履薄衫，让孤独不再经历风雨。感谢上苍安排我们的遇见！感谢遇见，感谢珍惜！很喜欢张爱玲说过的一段话，送给你，七夕共勉。

　　于千万人之中遇见你所要遇见的人，于千万年之中，时间的无涯的荒野里，没有早一步，也没有晚一步，刚巧赶上了，轻轻地问一声："噢，原来你也在这里吗？"

二〇一七年　七夕

第四辑　岁月流沙　苍老年华

有一种深情，荒了流年，许了沧海，直到物是人非，最后变成了一个人在荒原古道，静看岁月流沙，风雪漫天。寒灯纸上，梨花雨凉，半城风雪又一年。

# 风雪夜归人

## ——雪国重逢

随着呼啸的北风，澄澈的天空里最后那一片云彩，也被寒凉的冬季带走。冷冬，雪落，沧桑的凉意挟裹着季节的笛声，冰冻了时空，微凉了岁月。

记得小的时候，最欢喜的时光就是漫天的飞雪与岁末的喜庆，乡里乡情的亲切，曾温暖了寒夜的清冷和银白的雪国。那些青梅旧事，狗拉爬犁，迥异的雪雕，河面上的打鱼人，温室里的花盖梨，像时光里的印记，经常会想起，永远也不会忘记。

站在冬的路口，深深呼吸，空气中透着雪国的味道。仿佛转眼间，成长的时光如最后一场风花雪月的事，渐渐走远。

此刻，站在京城一隅，守望着这一季冬的眷念，穿过细碎的阳光，看蜡梅悄悄地含苞枝头，青春就在万物更替的过程中凋零枯萎，昨日的花事，就这样，从春天的第一缕阳光开始，又在最后一季北风里结束。

人生，又何尝不是这样，寒来暑往间，在等待中相聚，又在相聚后别离。我花了很多年才读懂它们。

怀念北方，渴望与故人重逢，一个多么温婉的希冀。从少年时节，出走半生，经过万千辗转，最终发现最放不下的，最惦念的还是雪国和

那群纯朴的故人，人生真是一个充满聚散离合、无法预料的过程。

寒风凛冽的北方，一直都是我内心最柔软的念想，无论过去多久，总会在季节的流转里清晰。那一年，我背起行囊出走远方，背负着依依不舍的惦念，翻过一程山水，一城遥望。曾经的年少轻狂，被时光，被江湖，被情缘用旧。拈手锦瑟，素色的年华，只剩下经年浅浅的文字。

人世上若每一次转身，都是一场离别的笙箫；那么每一季，每一次与冬的重逢，一定也是历尽红尘辗转的一场圆满。想念着，雪国的月夜里，那些淡淡相视一笑，那些浅浅的拥抱，那么暖，那么让人相思无边。

想必与冬重逢的美，就是在一份尘埃落尽的时日里浅浅的回眸，旧时风景依旧，不曾褪色，时光将你永远地留在了那年那日，那一壶淡淡的茶香里。倾心的怀念里，思念将一些爱了然于心，将一些暖，书于浅浅的诗行。年轮不会回头，往事，随风，滚滚东去。

伫立于四季的尽头，雪落梅开的诗行里，又有谁还在守候着那一季离别的忧伤？而我，彼时已经走进季节的风烟处。低首凝眸的眼里，蓄满渐冷的秋水。待下一季再邂逅温柔的雪乡。

梅雪深处，时光的清韵，阑珊了一季安然。抬头，深冬的天空，空旷又高远。白云生处，心事很轻，很轻。斑驳在经年里的那些时光和背影，以安详的模样，在时光里缱绻成诗意的圆满。冬韵声声，思念倾城。

或许，人生就是一场无须邀约的流转吧！墨里冬梅寂，往事若梦幽。闭目遐想，有时间轻轻走过的声音，与留在碎梦里温柔的絮语。盛开在流年的花事，馨香着小径幽深，蜿蜒着我遥遥远去的足迹。人生的百转千回，生活的浅醉微醺，我要用怎样的轻轻落落才能细写对过往的念念不忘。

在冬的间隙，轻轻拾起岁月的沉香，守着这一城寂寞，任花开花谢在纸里染了墨香，在眸里阑珊如烟。那一年，转身天涯，别后种下的执念，是我轻叩雪国半掩门扉时的顾盼。在白雪覆盖的时光里，印记着我孩提时的模样。

蹚过岁月的长河，将时光的痕迹，系于眉间心上。捧一缕花香，带一世的安稳，让世间所有的重逢，随心，随性，随缘，轻轻勾勒，慢慢变圆。期盼在雪乡的烟火里，一城终老，品茶，写诗。

煮一壶经年似水，让岁月风干的记忆停留在水中，让所有的久别重逢都圆满。那些未完待续的故事，了然于眼前。而我与雪国，终究会在重逢的时光里温情相拥。

二〇一七年十二月十日

# 无雪的冬天，不夜的城池

当嘴唇干裂的时候，雪依然没有音信，此刻想念北方，想念这个季节里能读懂我内心的皑皑白雪，它是这冰冷世界里的精灵，是守候严冬的天使，它的失约让这一季的北风缺少了冬季该有的模样。

思念一片片雪花的飘落，它晶莹、洁白，带着天使般的微笑，揣着默默的情怀，来温暖大地，守护那些孤寂的灵魂；它精致、剔透，怀着纯洁的心，踏着轻轻的舞步，来点缀严冬，点亮俗世红尘的温暖！

回望那些走远的春花秋月的美，那些缘聚缘散的暖，就像无声的雪飘落大地，悄然融入泥土，润物于无声，一去不返！

站在这季节的风口，忽然觉得人生如同浮云流水，过往亦覆水难收，而我们拥有的只是现在。曾经花开的美丽，也许仅仅是转山转水回眸处，但是那一眼的相遇，那一笑的倾城，已然是岁月最洁净美好的样子。

在这美好的冬季做一个忘却忧伤的人吧！在生命的空白书页里填充自己，在平凡的旅程中珍惜眼前的人，将承载阳光的心安放在灵魂深处！

那些错过的春花冬雪，错过的梨花雨季，错过的素菊清菀，最终没有让我们错过今世里的相遇。

让我们一起做雪的精灵吧！安静而纯粹地守候在彼此身边，一起用微笑面对人生的苦难，岁月之内，时光之外，倾心不负！

无雪的冬季涂鸦了光阴的青苔，斑驳了岁月的印记。曾经的清风微雨恰逢流年静好的相遇，是凝着雨露的洁白微笑。念与不念，说与不说，都是慈悲的向暖，都是冬雪煎茶的喜舍。

二〇一八年十二月十四日　夜

# 浮云吹做雪，空山人去远

又是一年大寒季，时光交错间，就要和漫长的冬季说再见了。追逐着远去的记忆，回望走过的寒来暑往，一层单薄的初雪已覆了满径，过往的年轮又成了一曲回不去的《往事》，青春时节的忧郁与欢笑，被流年遗失在日光倾城的彼岸，我们却被时光留在了望穿归途的此岸。

有时候觉得每个人面对时间的游走，真的无能为力，只能牵着岁月的手，一路相携，一路诀别，一路的风雨兼程。那些走旧的时光，终究最后物是人非，失去了原色。那些熟悉的人，那些余音未了的事，最终万水遥迢，袅袅如烟，再也不会相逢！

关于亲情、友情或是爱情，经历过细数花开的美丽和落花的忧伤，最后的结局，也是叹息着在月下，独舞阑珊。只是我们错把一瞬当成了永恒。

青春，或许会在一场风花雪月后老去，或许会永远停留在那个叫作初心的地方。时间的路，走过了，便成了风景。有些人，一旦走散，就再也不会重逢。

在人生的路途上，面对命运的无常，你我都无法改变什么，也无力挽回什么。那些纯美的往事，那些悠悠的深情无须用诺言来因渡。是你的，无须刻意，也会一直在你身边。不是你的，即使强求，最终也是一场相忘于江湖的忧伤。无论深情相拥还是握手寒暄，都要感谢命运，让彼此曾出现在对方的生命里。

这场薄薄的轻雪，像一抹亮色温暖了这个寒凉的冬季，在生命的旅途中，无论人和事都是会早来或晚走，所有的爱恨情殇，也不过是一场

萍水相逢，无须刻意靠近，也无须刻意疏离，只需隔着人潮人海，相守相望。无论命运如何安排，最后留下的都是灵魂里最美丽的印记。

想来，在每个人的生命里，总有那些被我们称作亲人的人，那些在前世里错过，今生里找了又找的人。即使相隔数度轮回，我们依然可以念着曾经许下的情与情长，在芸芸众生里找到彼此。转身，相拥。这样的相逢是用生命的温度来守候的，即使伤痕累累，也无怨无悔！

在这冬季的结尾，忽然想说感谢，感谢那些曾出现在自己生命里的人！感谢曾给予过的温暖和亲情的陪伴；感谢尘缘如风，聚聚散散的美好；感谢花开花落里的那些遇见，都很唯美。那些分分合合曾经点亮了单薄的时光，也曾经温暖了苍白的岁月！

对待这些缘分，我从来没有刻意地去追寻，去挽留，一直在时间的路口静守，缘来，珍惜，缘去，挥手，只留一份感恩在眉间心上。安守年华，背依四季的慈悲，从容幸福地走过平凡的光阴！

生命里那些错过的花开花谢，同样，余音绕梁般地放逐在灵魂里，染了俗世的烟火味道。生命清冷，相遇与别离，如白驹过隙，忽然而已。不必在意，那些留也留不住的时光。且让它如风一般，去追寻自己的方向。

今朝，晚来天欲雪，能饮一杯否？初雪过后，大地仿佛披了一层白纱，皈依了晶莹与剔透。我在大寒季素净的时光里，且行，且惜。转身，握一把冬雪吹散，隔着时间，隔着季节，踏歌而去！

二○一八年一月二十日　大寒节气、北京初雪

# 感恩有你

记得小时候父母就曾告诉我：我们不是富有的家庭，你也不是多么聪慧的孩子，所以要时刻做一个内心丰富、有知识、有温度的孩子，天道酬勤！

时光荏苒，四十年如白驹过隙，从少年时随父母不断迁徙，到青年时异地求学、工作，不停地在各个城市间流转，多个不同城市的生活阅历，练就了我超强的适应能力。同时，在不同生活领域里遇见的那些善良的面孔，也教会了我对人对事要常常心怀感恩。

又是一年的初冬，在季节的转角，回首遥望，北风呼啸，黄叶满地，对于我依恋的这座小城，内心里又多了一层感动和期许。感谢这座小城，在我人生最低谷的时候我来到这里，它给了我歇息的时间，给了我人届中年对生活的重新定义和思考，我尤其感恩在这里遇见的每一张笑脸。

万物有大美而不言，生命有大爱而不语。自从走上教育这条路，我一直执着地走着，不断地思考着，如何通过我的努力去改变一些孩童的命运，哪怕是一个很小的群体，我也会收获人生里最大的满足和感动。

我时刻为自己是一名教育工作者而自豪并感到富有，这种精神上的满足，一直让我情怀满满，从不计较付出与所得，只念善良与坚守。

我时常感恩上苍，是它让我步入这条能改变人一生的路途，也让我真真切切、坦坦荡荡地每天与不同的灵魂碰撞，用心去理解和塑造不同人的别样人生，让我一次次在爱与被爱之间感动着、包围着，那些纯净的灵魂时常触动我的心弦！

生活和阅历总会牵引人不断思考并走向成熟，如果众生皆苦的话，教育这份充满爱和力量的事业就是苦中的那一抹甜吧！

回首这些年一直坚守的时光总会泛起幸福，幻想通过自己的思考和努力创造出更加美好的未来，哪怕为这份事业带来一些微小的改变，虽然想法似乎有些奢侈。但是生活的阅历已让我学会平静地面对一切，不纠结，不抱怨，永远将感恩与美好存在心间。

感恩是一种生命的情怀。所以，更要感谢那些给了我痛苦和茫然的失败与挫折，它们的出现，让我理解了生活的不容易。

感恩那些用善良和真诚浇灌生命的人生，让我体会到了作为生命所释放的美丽和光辉，让我明白了人世间"真善美"的意义……

在西风渐紧的季节，伴着晓风残月，再次为我坚守的事业书写爱的情怀，只愿素笺心语，情暖人生。在岁月里老去的是容颜，不老的是炙热的情怀。在静谧安然的人生路上，我仍会一直为这份善念这份真爱执着，为美景留情，为梦想拼搏。

二〇一八年十一月

# 今夜，除夕从远方赶来

除夕，是冬天里最值得期待的时刻，因为那是一年里漂泊游子的归途，那是万家团圆的诗意与浪漫，冬天若是少了除夕的莅临，这冬天，就少了人间的烟火味道。

冬季，因为有了除夕的期盼，而增添了人间几回追忆往事的诗情；也因为有了除夕，才让寒冷的冬天多了一抹心灵深处的温暖与眷恋。

除夕是世间最美的归乡路，带着诗情画意而来；除夕是一顿欢声笑语的年夜饭，带着母亲沧桑的笑脸和欢喜的眼泪；除夕是爆竹声声辞旧岁的回响，带着亲人们相拥而泣的儿女情长。

喜欢除夕夜的至味清欢，喜欢母亲苍老脸上绽放的容颜，喜欢那一桌丰盛的团圆宴，喜欢酒杯里盛满的年份老酒，喜欢每个人祝福的浪漫情味，让盛装莅临的除夕夜化作心田无边的欢乐，再柔软成心门上的一丝牵挂。

除夕，就这样在人间无声无息地来来去去，超逸悠然，潇洒而自在，让人世间的灵魂在岁月静好中舞动，洋溢着浓浓的亲情与感动，夜色中的推杯换盏，眉宇清扬，笑语欢歌，如棉如絮，陶醉了冬天的幽静，不再让冬天感到荒芜与冰冷。

每一个除夕的到来，都能点燃人世的烟火，治愈漂泊游子一年的心伤。

除夕，夜色凝烟，让天下的游子告别了一年的忙碌和喧嚣，回归心灵的田园，在亲人欢聚的世间里炫舞，在钟声敲响的时刻里祝福。

　　除夕，让人们深情地回望不疾不徐流逝的光阴，这一年，不管遇到谁，远离谁，终究是注定的缘分，也感谢所有的机缘相会，谢谢这一年诸多感动与深爱，感谢一直默默陪伴和关注自己的亲人和朋友，人生有岁月可回首，有亲人可惦念，是一种幸运。

　　除夕，教会人们坦然地面对每一个匆忙走过的流年，不强求，不挽留，淡然从容，一切随缘来去。

　　一串串响亮爆竹，关在了人世之外，让亲情与团圆留在了人世之内，人世的缘妙不可言！

　　今夜有除夕从远方赶来，如蝶飞舞，醉了冬夜的宁静，醉了心事的阑珊。纵然夜幕深处，街道人影疏落，但是一颗心却未曾因夜的寒冷而无趣，倒是沉醉于团圆的情味之中。

　　即使这场欢聚，在明日的清晨消融得不留痕迹，可是她来的时候，依然那么美，那么令人心动，想想走过的数十载春秋已是足矣。

　　毕竟我可以很开心地告诉自己，在除夕的人间烟火气里，我看到过你，遇见过他，不是吗？

　　二○二○年一月二十四日　除夕　文安县新型冠状病毒疫情防控值班留念

# 世间最美的风景是回家的路

当这一季北风深情告别的时候，严冬释然了对大雪的期盼，无奈地走进下一季的轮回。远处偶尔几声爆竹炸裂的声音，提示着步履匆匆的人们，年已经姗姗而来。

这一刻，我仿佛听到了亲人的呼唤，由远及近，温情洋溢。于是归乡的情怀像无以言说的碎梦，凌乱了这个无雪的冬季。那个叫家的地方，那个叫娘的亲人像一根温暖的线，牵动着每一个游子内心最柔软的远方。

也许这个时候，你还茫然地奔赴在路上，也许你还噙着委屈的泪水，也许你还纠结着无处诉说的苦痛。但是，无论怎样的烦忧与挣扎，只要想到那个装得下你全部悲喜的家，那个倚门远眺的娘亲，你就会无惧风雨，身暖心安。

有人说"愿你出走半生，归来仍是少年"，可是这日渐苍老的少年，要经历怎样的风尘，怎样无常的聚散、悲喜的消磨，才会淡然着归来？流年里的浅喜清欢、落寞从容，尘世烟火中的静思淡悟、繁华落尽，是否真的会让那个出走的少年微笑如初呢？

感悟年轮的厚重，回望走走停停的旅途，真的太匆匆，应该学会优雅，学会豁达。生于人世，活于修行。不执念于苦，不奢靡于乐，潇洒自然，通透豁达，在磨难中握得住坚强，在迷惘间抓得住希望，在心中藏一抹素白，不惧世间沧桑几何！

除夕的前夜，轻拥月色，静谧安然，感恩生活，珍惜每一份遇见。愿意把最美的微笑留给最平淡的流年，让日子在一朝一夕中变得充实而丰盈。安恬地生活，淡淡地行走，容纳是非，接受曲直。

年龄的增长，让我们越来越明白，世间最长久的是亲情，最忘不掉的是魂牵梦绕的故乡，最斩不断的是回家过年的那条路。每一次回眸，思念都填满心窗，想要挥手，泪水却早已模糊了双眼。

除夕，这一阙古老的词汇，装满了太多离别的痛，相思的苦，又牵挂着太多的温暖与眷恋，捧起那一份份馨香的记忆，牵挂那一道道温情的往昔，安暖依然。

祝福，当除夕钟声敲响的时刻，祈盼天下的游子都能与亲人温情相拥，开心地吃着年夜饭，欢聚着真情与感动，让重逢的喜悦化作激动的泪水，让心中的温暖与幸福在时光中交错，在岁月中美好！

二〇一九年二月三日　除夕前夜

# 首尔除夕

在月下，倚立窗前听雪！等待一个叫年的老人揽着雪花翩翩而来！寒烟缭绕的路上，稀少的车辆来来往往，过客匆匆，好似都在赶赴一场久违的约会，或许灯火阑珊处，有人在等待吧！突然好羡慕那些有所归处的人，哪怕历经坎坷，哪怕风雪交加，至少有个温暖的方向，在寒冷的夜里收留漂泊的灵魂，免其流离失所，免其孤苦无依！

而这偌大的城市里，有多少如我一样落寞的灵魂，在萧索无声的夜里飘荡着，即使身在屋檐下，心却仿若暴露在冰冷的空气里，任风吹雪压，任黑暗吞噬，卑微到尘埃里。此刻，唯愿我爱过的人，他们都在享受幸福；爱过我的人，他们都等到了天使！而我，矗立在时光的暗角，只能望着梦绕魂牵的远方，念生老病死，祷悲欢离合！

无数次告诉自己不能害怕孤独，总有一个人会出现在你的生命里，她喜欢你，爱着你，像走了八千里路的云和月，更像烟云薄暮的晚霞；她在海角浪漫的天涯，为你安了一个属于自己的家，不求富贵荣华，唯愿静好时光，看你，笑靥如花！

二○一七年　除夕夜

# 冬日游长城有感

　　冬日里，遇见守候千年的残垣断壁，轻抚垛口的伤痕，仿佛还能隐隐听到历史的涛声。城墙外凋零的枫树，已失去了往日的壮美，仅有的几片红叶在日光中显得有些凄凉。

　　万千世界，一叶一菩提，在这红叶的世界里，她们相伴着伟岸的城墙，一季又一季地演绎着前世今生、歌唱着陌路的英雄、坚守着生命的轮回，春来冬去，夏去秋来，在四季中体味着生命，沉淀着唯美，感悟着生命的本真，吟唱着历史的宿命。

　　虽然这城墙的苍凉书写着千年，而我更加赞美这些依稀可见的亮红和一季季轮回的生命，它们才是这尘世里最亮丽的风景。因为它阅历了时光里的悲欢离合，见证了梅与雪的相遇，虽然她也会惊羡世俗的爱，但岁月里的沉淀已经让她淡然于这世间所有的痴恋。

　　春对花开的爱，夏对风雨的等待，秋对落叶的徘徊，冬对白雪的告白，无不畅言着命运的安排。

　　这个无雪的冬日，我来了，为了不辜负你千年的等待，也为了这四季的冬去春来，不管以后，几世轮回，几世花开，只要时光还在，只要这世上还有星月存在，我依然会来，仍然愿意看你把寂寞守候成海。

二〇一九年　冬游长城

# 这个冬季，你是我无法释怀的远方

这个冬季不太冷，虽然雪还在路上，但是呼啸的北风，已经带来了春的消息，就这样在季节的阑珊里寂寞地守望，期待着在碧水的江南，天青色烟雨里春姑娘的笑靥，会深情款款地徐徐而来！

当这段无雪的时光融入深情的文字，琐碎枯燥的生活就有了鲜活的颜色和诗意的美好。感念季节的更替与轮回，相逢与别离，期待世间所有的相遇都是久别重逢；尘缘若风，愿时光不老，愿故人不散。感恩所有过往里的悲欢离合，聚聚散散！

在人生的旅途上，很多时候，我们都是寂寞的歌者，孤独地行走在路上。青春与困惑都是无法释怀无法排解的唏嘘。幸好，岁月的迁徙，带来的不仅仅是失意。而相逢，像时光里的邂逅，聚散都美好！

时光深处，沉淀的记忆像年轮里的默契与灵犀，虽山重水复，仍隔不断温情与惦念，如一幅雪乡的年画，弥足珍贵，穿越冰天雪地，白山黑水，惜人间一段佳话与悲欢。

又一次，在这薄凉的季节里行走，心绪起落间已不悲不喜，任时光安静地来来去去，只许文字简约地输入那些细微的感动。那些光阴留下的美，如青花瓷上的花瓣，被慢慢尘封。

在时光的彼岸，微冷的冬埋藏了记忆里的馨香，望着浩瀚的夜空，点点的星光，总会有泪水模糊视线，走过的年华里，那些人来人往，那些苦苦的追寻，那些挣扎过的岁月，你们还好吗？

当风烟俱寂，总有苍白在心。只为，再相逢时，轻轻问候一句，好久不见！无以言说的心绪，是素色里葱茏了两两相望的风景，摊开双手，轻抚季节的温度，任过往缠绵于心间，任清音在北风中呼啸。领悟，最是情深。

其实，世道千年深情可共的唯美只是情感。万千里，一见钟情，天涯陌旅，转身苍凉。谁是谁红尘梦里，逃不掉的一场鸳鸯劫！子牙的琴台上，又回荡着谁千年的独白！多少琵琶弦音，多少烟雨抚慰着落寞的尘世，渡情渡心，温柔又寂寞了谁的期许！

以深情的姿势，托起秦时的那轮明月，微笑着路过你的红尘，走过汉室的阳关；我的烟火，只为你在夜空里绽放，在星空里独白，无怨无悔。

人这一生，聚散离别，谁也逃不过命运之劫，一路走来，我们都在彼此的世界里进进出出，很多人都是江湖作别，永不再见的过客。但是，总有些人和事像季节里的木槿花开，素白馨香，始终如昔。清澈的时光啊！唯愿心心念念，易水天涯，一路花开。

人生，终究是一场场相遇与别离，行一程山水，留一城守望，不为来日泅渡，只为一路行来，彼此共赴过红尘小筑。

时光幽远，素心安然。唯愿可以怀揣一份美好与岁月相依，珍藏起那些温暖美好的记忆，执念于红尘深处。然后，和时光一点一点相守下去。要知道，这个冬季，你是我无法释怀的远方。无论青丝如雪，风雨交加；无论兼葭苍茫，时光清瘦。一程相遇，一世美好！

二〇一七年十二月二十八日　岁末

# 冬日情怀

当美到极致的冬韵伴随着2017年的初雪远去的时候，我仿佛读懂了一种情怀，觉得寂寞与繁华不过是一场过眼云烟，忽然而已！

他年他日的璀璨烟火随岁月的风，尘封了轮回最美的时光。远处的烟火再次映入眼眸时，已是时过经年！提笔的瞬间，重逢时那份渴望，熟悉而又陌生的羞涩潮湿了视线，君已去远方……

时光就像寂寞的歌者，孤独地在舞台上长袖善舞，努力地去遗忘曾经的承诺和温存，让日子里唯美的期待与心跳留恋在红尘中，当潮起的瞬间，如水新月酿成一壶岁月的老酒，伴我今晚独饮入怀！

月下，谁的古筝，祭祀一束弦音飘洒在夜的深处，谁又在击磬阕词，把七分寂寞三分思念滑入愁肠，把冬醉留在呓语里……

二〇一七年　初雪

# 眠　夜

　　世间繁华如梦，愁绪却黯然了浮华！想念，终是不见！光阴沉淀，年华似水，梵音萦绕了一袭离殇，终是孤影随行；向天边的圆月讨一些暖，在浅末的时光里想念爱你的光年，低眉轻叹；天涯太远，只能温婉守候！烟火散落一地微凉，寄予风轻云淡的哀伤；在遍寻不见的遗憾中幽居，在余生里寻找自己与你的缘，却也在遇见里再一次无缘！

　　昏暗的烛火，带着清澈与薄凉，将我放逐在片刻的安宁中！一杯清茶，一篇眠夜，缱绻的奢华！任思绪在诗意的世界里温柔地生活，以静默如莲的姿势博光阴磬浅，且吟且笑，且行且暖！

二〇一九年十一月

# 悟

　　走过春花，路过诗意；走过冬雪，路过平仄。就让生命中，那些恬静的安宁，汇聚成浅浅的文字，留下一些琉璃的情怀。那些岁月里的回声，那些渐行渐远的青葱时光，意外地在小城的校园中复活，依旧张扬着青春的明媚。讲授了几年的素质教育理念，不经意间在几所丰南的学校收获了更深刻的领悟。阳光照耀的午后，愿时光停留，愿温暖依旧，愿红尘里的那份成熟与木讷，也在渐行渐远的光阴里无声落定。

二〇一八年　冬　唐山丰南学校

# 无悔人生

　　原本这尘世就没有那么多天赋异禀，但是优秀的人总是努力地翻山越岭。你脸上云淡风轻，没人知道路途中你的牙咬得有多紧；你走路时带着风，无人知道你膝盖上曾摔伤多少瘀青；你笑得没心没肺，无人知道你哭的时候只能无声地流泪。生活中的强者，总是一边含着眼泪，一边向前奔跑。如果要让人觉得你长袖善舞举重若轻，就只能背后极其努力。再好的机会，也是为有准备的人而来的，因此努力至关重要。放手去干，用心去爱，努力奔跑，为现实拼一个春夏秋冬，为未来赢一个无悔人生。

二〇一八年　岁尾

# 让我这样陪你走过冬季

北风起的时候

总想把一个最美的冬天呈现给你

用一杯温暖的红茶留住时光的温婉与眷恋

隔着千里的满城风雪

豪迈地为你放声而歌

日暮倾城的时候

总想在时光的萧瑟里

温一盏老酒

用岁月的窖香驱散你的迷离

让相濡以沫送走江湖之远

不问红尘遇见是劫是缘

冬在世间狂舞的时候

我想掀开雪域高原上那层岁月之殇

在布达拉宫的浮屠里刻下流年依依

在银白洁净的雪山上记载今夕何夕

用幽幽怨怨的浪漫诗句

牵你的手奔向喜马拉雅的远方

共赴一场感天动地的风雪之旅

冬雪飞舞的时候

很想在西海的岸边捕捉你心跳的清音

在星空漫天的幸福里深深拥抱你

我愿意期许来世的箴言挂在西海的岸边

舞动今世的柔情与你在今生的路上尽情游弋

漫长的时光路上
只要生命的列车里有我、有你
我就愿意把这心心念念与你融为一体
在时光的缝隙里枕着柔情归去
让雪域高原上总有歌声回荡在天际

我的朋友，让我这样陪你走在冬季
让彼此的心事在温暖里游移
把岁月的薄凉化为满天的星愿星语
让寂寥的光阴在冬的土壤里长眠
希望与柔情在梦乡里慢慢醒来

我的朋友，我想这样陪你走过冬季
人生路上始终不离不弃
北风起的时候我陪你驻足天地
大雪飘落的时候我陪你烹酒煮茶
让冬季的绚烂陪伴生命一路到底

二〇一八年　大雪节气

# 折翼天使

　　走进特教学校，就像走进了一个被上帝遗忘的世界，那些含泪的挣扎，那些苦涩的艰辛，那些生命的印痕，让我深刻地理解了所谓的岁月静好，是因为有人在背后为你负重前行。寒冷的冬季点亮心灯，让每一个折翼的天使都看到光明，让每一个拼搏的灵魂都看到希望。感恩在无雪的季节从你们的全世界路过，让我听到了春天到来的消息，也深切地体会到这些特殊教育者们的大爱无疆！

　　为路南区特教学校点赞！

　　二〇一八年　冬　唐山路南区特教学校

# 写在冬季的情诗

岁尾的夜

正如黎明前的流星

一道光，划过长长的天际

过往时光，渐行渐远

我提起笔书写着旧事

一丝惆怅，闪过眉间心上


夜，已阑珊

远处的灯火燃烧了视线

我听见北风的呼啸

也看见雪孩子无法走近的面庞

世事纷扰，已安眠于午夜时分

望穿秋水已等不到昔日重来

诗酒趁年华

轻敲键盘，有思绪涌来

无雪的冬季开始回眸

远处贝加尔湖上的风雪

漫天的黄沙，悦耳的驼铃

一并跃入时光之海

这一刻

没有了压抑，没有了彷徨

只是，让清瘦的文字

轻缓地吐出

祈祷时光不老，故人不散

记忆总是在岁月的深处酒醉

在人潮人海，聚聚散散中，

落入尘埃

一夜无眠，半阕文字

我轻轻放开时间的绳索

许尘缘若风，聚散都美好

让那些俗事随佛心归隐

不留一丝叹息


其实，在红尘里相遇

默默相爱

前世今生已不得其解

而是，那一声声呼唤

掩盖了，心心念念的诗句


真的不愿意搁笔了

在东方发白的明天

这些无人能懂的文字

一定会在时光暗处

走过岁月的长河

从一世的红尘中起身

那个时候，你也许能读懂

这就是爱情


二〇一七年十二月三十一日

# 游醉翁亭记

　　一山，一水，一醉翁，寄情于山水之间！山如一轴古老的画卷，水像一首迂回的诗，走山读水，访道问仙，醉翁古亭，安稳于一座怪石嶙峋的山间，一汪潺潺的让泉溪旁。

　　尚未出西关，已步入山门，纵目远眺，古树列阵，松竹叠翠。飞亭傲然耸立，溪水绕群山如莲花簇拥，诗香弥漫的山，层次迭叠，由竹绿、松青转止秋色渐浓。山势蜿蜒入天门，空谷鸟鸣，双狮盘坐，或奔或走，亦有飘逸纵横之感。

　　琅琊圣山蕴无穷之美，林间野趣，不求红尘点染之俗，独留禅意醉卧于山水之巅，仿若蓬莱仙岛藏于云烟。独立古亭间，我已醉然，未露声色，闭目浅闻山水之乐，悄然引古人雅事入心间。

　　二贤堂中拜太守，影香亭内觅知音，古梅亭旁花中巢许，移步换景，有幽香在心。欧阳修与亭的传说，已随岁月悠远，无踪可觅，只能默默摊开掌心，虔诚地倾听山间酒醉之事，忽然领悟，尖锐石子亦能被岁月打磨，变得圆润趁手，人也许亦该如此，尖锐锋利固然好，但圆润柔软也不失为人生之道。

　　太守呼朋唤友的盛宴场景，已随流年远去，唯留飞亭在寂静中独守着深深期冀，聚松柏葱郁，饱蘸莲荷幽香，上有佛祖护佑，下结松涛滚滚，以隐士为光辉，篆刻了历史的苍茫，雕琢了永恒的信念。其实人生也当如此，不为声名所累，不为富贵所扰，在自然与随意里追求畅达柔顺，淡泊是非恩怨。

一程山水，一座古亭，一折诗文，山水随诗入碑亭，循醉翁觅友问仙，一条幽深蜿蜒的石路，被层林尽染醺然。步行古寺中瞬间一悟，像从红尘步入了归途，静谧安然，举目处，长衣高僧孤步独立，已静候古寺。这一刻，尘世的一切喧嚣，在这里复归宁静与淡然。

若据此，不问秦汉，不知魏晋，悠然归去，心若桃花源，便可斗笠蓑衣，青梅煮酒，与高僧坐话桑麻，对垒棋局，但寻一醉解千愁，人世间，还有什么好纠缠的，烟花易冷，短暂的幸福已是足够了！

与醉翁亭相遇之后，古寺遗忘之前，回望，青山依旧白云封，苍郁淡远，太守的游记如留痕印鉴，赋予了苍山历史与灵魂。云朵的天空中，霞光凸现，彩虹透过云层罩在飞亭古寺，那《醉翁亭记》已不只是太守遗存在琅琊山上的镇石之宝，而是放逐于人世的一股清流！

二〇一七年十一月二日　于含山醉翁亭作记

# 乡愁并未淡去

## ——送余光中先生西去

惊悉，您已驾鹤西游

不知那方小小的邮票该寄给谁

挥动的手忽然停在了风中

泪水无语凝噎

银河浩瀚，又有谁渡我之素笺

唯有将所有敬意送达上苍


今夜，尘念俗事已毕

清音万古珍流

寻一处幽静之地

读一读先生的离愁

淡淡的忧伤依旧

原来美好仍在月夜里停留

仰头皓月当空

星光含蓄如诗般婉约

我期盼将月亮当作邮票

让夜风将我的惦念捎去给你

话别您走后的乡愁

二〇一七年十二月十四日

# 北方，苍凉的北方

世上的美景无数，可最美的风景，却是回家的那条路。当我每次念起白雪皑皑的北方，心里的风雪就不期而至。想想过往在北方的日子，内心深处就充满了温暖与惦念，所有走过故乡的记忆都变得鲜活起来！

印象里的北方总是漫天的飞雪和呼啸的寒风，还有母亲不断的絮叨，白雪覆盖的冰凌花，巍然耸立的白桦林，无法走完的风雪路，还有炊烟袅袅的村落。

北方像是一个粗壮的汉子，顶天立地，豪迈地在风雪里慷慨而歌，所有的风寒与萧瑟都在这首歌里沉醉；北方更像一幅泼墨的画卷，洋洋洒洒、含蓄温暖地住在我心里最柔软的地方。

我的北方是雪晴云淡日光寒的北方，我的北方也是门外雪初飘、梅蕊玉无香的北方。一次次走近那片银白的世界，仿佛回归了前世的家园。每一声呼唤，每一幅冰雪的画面，每一处被白雪覆盖的屋檐，每一朵蜡梅含羞的开放，都能勾起我深深的回忆。

或许，我就是北方遗落在古都街头的浪子。对故乡深沉的惦念，挂在心头一刻也不敢忘却。北方静谧安然、北方义气深重，北方的千里冰封、万里雪飘分明就是一轴风雪画卷，一直在我的眼前挥之不去，绵延千里万里。

我对北方的心心念念，沉浸在冰雪的柔情里，陶醉在一副副文字优雅的春联里，那些浓浓的年味，曾经温暖了漫漫的长夜和无边的寂寞！北方更像是一棵大树，每一个枝头都挂满了游子的辞赋，寒风卷地，望尽归途！

　　林表明霁色，城中增暮寒。沿着后海古老的河面去寻找我梦里的北方，岸边小店挂满的红灯笼，门框上倒贴的福字，飘着甜味的糖葫芦直扰心间，解我烦忧，抱我冬心。

　　我夜夜梦归的北方啊，江皋寒忘尽，归念断征篷，十里春风也不如梦里有你呀！

　　梭罗曾写道："人，无法选择自然的故乡，但可以选择心灵的故乡。"回首那些在北方度过的日日夜夜，都已皈依在灵魂的沃土。曾经一个背包，一个淡淡远去的背影让我永远地融入了北方的大雪纷飞。

　　白雪皑皑的北方，一道道僵冻的河流，如梦如幻，我心里是灰色的、岁暮的感伤，北方的风寒里却开始浮荡着绯色的春光，我不是过客，我是北方的孩子，是在寻找归途的故人。

　　有人说游子归程，近乡情怯，而我走近北方的每一次挥手，与我离别北方的每一次回眸，都是心系北方，泪眼婆娑。

　　我的血脉相牵的北方啊，那一份深深的惦念如此深长，如此悠远。

二○一八年　腊月二十三

# 恭贺2018年新春

## ——送给教育同行者

时光飞逝，又是一年除夕夜，又是一年团圆时。轻轻回眸，点点滴滴，清晰如昨。这一年，我们一起走了很久，很远。有得有失，有舍有弃，有聚有散，有哭有笑，有省有悟，岁月赐予了我们成长的历程，也沧桑了我们的心智。终于在万家灯火的团聚之夜，大家可以安定下来与亲人一起安宁守岁，没有俗事的嘈杂，只有岁月静好的温柔。昨日的忙碌，内心的浮躁，一年里的成败和悲喜都已随季节的风缓缓去矣！

感谢与大家相遇在教育这块麦田里，携手相牵，共谋未来；感谢你们曾给予过的温暖和亲情的陪伴；感谢尘缘若风，聚聚散散的美好；感谢花开花落里的那些擦肩，都很唯美！那些分分合合曾经点亮了单薄的时光，也曾经温柔了苍白的岁月！感恩，这一路并肩战斗、共同守护着麦田的你们，风里雨里的不离不弃！

新的一年，新的征程，感谢这个伟大的时代，让我们安守年华，背依四季的书香，从容幸福地走过平凡的光阴！祝福你们新年快乐！恭贺新春！

二〇一八年　元旦

# 写给校长

教育人的坚守偶尔独行，偶尔寂寞，但是一路上总有暗香浮动，涟漪着生命的热烈、欢喜与忧伤，丰盈着我们的执教生涯。那些似懂非懂的孩童，就是轻柔岁月里的那一缕美丽暗香，是平淡生活中的相依相随，是繁华落尽后的那份珍藏，是百转千回后的那一份执着。

生活中，您曾给予的尊重与懂得，如花间清露，润人心田，孩子们的世界因为您不再写意迷茫，老师们的人生因为您不再孤单枯燥，您的宽广而深邃的情怀，在时光里安暖，在岁月里厚重！

平淡的日子里您的懂得是最珍贵的礼物，教师们因为您的懂得而相依，孩子们因为您的懂得而相随。您总是在风起的时候呵护真情，总是在雨落的时候撑起人生的雨伞，您是受教者们记忆的窗口留下的永恒。您的气质终究会像岁月芳华染墨凝香，淡看悲喜情愁，浅浅行于红尘之间。

感谢我们在教育的路上相遇，一路深情相伴，走过斑驳岁月，倦了天涯！

一起行走在岁月的风雨中，没有谁可以重复谁，每一段真心的路程，每一个温暖的画面，都不会存在相同的脚本，这一路的行色匆匆，看似无情，却也沧桑有痕、有时真的很感谢你们一路的坚持，一路的付出，一路的不忘初心，一路的依依相伴！那些鲜活的生命终究会在我们的汗水中日渐丰盈，慢慢长大！

二〇一八年　寒假

# 相忘于江湖

如果生命的尽头依然有你
让我的诗句充满感激
如果光阴摒弃灵魂的孤寂
请允许我说爱你

我一直在孤独的远方
体会人世的无常
可是生活的情节寂寥悲伤
让尘世聚散苍茫

你是一个温暖的人
让我体会了时光绚烂
一眼千年的画面
生命的若隐若现

尘世的缘有太多的两面
我已不是归来的少年

已走出生命的麦田
亦如人生的初见

如今我依然远在他乡
忘记了季节去流浪
如今我站在荒原歌唱
忘记了时间漫长

如今我救赎心灵的月光
忘记了流年的感伤
如今我停止爱你的痴念
与你江湖相忘

二〇一九年十二月

# 行走在光阴深处

给温婉的岁月以一场深情的告白，让我们在各自的时光里，独享着季节的走远。

无雪的清晨，向亲人和我喜欢的人们道一声：早安！你好！小雪时节，那些微笑向暖，坚守着生活的灵魂，天微凉，你们一直是我牵挂的远方。

穿过清冷的长街，低眉行走在阡陌烟云中，我愿红尘静守，珍惜值得珍惜的每一个人，用良善的心播撒温暖，以虔诚的心，换一念牵挂。

温暖，源于红尘的驻足；静守，源于痴心的面对。在这流水的一生里，还有多少，未了的情怀，值得我们期待？

每个人的世界，都是可大可小，都在心的澎湃与涟漪之间。阴郁的清晨，让花香弥漫心海，穿越季节，落在岁月的肩头，温暖着美好的初心。相信，在红尘之内，时光之外，皆是阳光。这个冬有你，很暖。

二〇一八年十二月五日　随笔

# 雪

瑟瑟寒风翦，浙浙瑶花翩
茫茫北国韵，浓浓故乡魂

丁酉冬

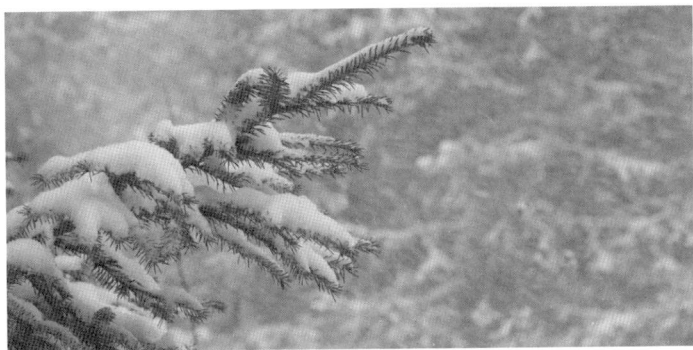

# 尧风永沐

初识尧帝，是几十年前在启蒙恩师的口吐莲花、快意恩仇里。笙歌院落，灯火楼台，感觉远古的时光像是一场散去的戏，那些曾经创造中华文明的古人和他们倾城的故事，悠然地随岁月远去，淹没在历史的风尘里，不知所往！

几十年后的昨日，在落叶空山，盘柿南园，秋意阑珊的午后；在伊祁山下，清幽书院，几卷诗书，一群孩童，将记忆里被光阴抛掷的尧帝，从远古的年代，又款款迁徙出来。伊祁放勋，一个走过中华烟雨、岁月山河，历尽劫数、尝遍百味的古人，依然以另一种姿态护佑着他的子孙后代！

漫山黄柿的山丘，琅琅书声的老校园，忽然觉得时间永远是旁观者，无论平凡还是伟大，每个生命的过程和结果，都需要自己承担！幸好，还有这些厚重的山丘，生生不息的文化和不慕风华的老树，在古道西风里，年年岁岁花相似，岁岁年年人不同！今夜我愿枕着历史，在尧帝的故里，沐浴着伊祁放勋的风范，沉沉睡去！

二〇一七年九月二十七日　在顺平县综合督导评估留念

# 留在二月二的文字

一场背负了冬季的雪，眷龙而归。暖阳微温的日子，抬头发现不知不觉，已从除夕忙到二月二。感慨时光飞逝，岁月苍茫。雪后初晴的日子，安静的小屋，停下脚步，一杯清茶，不悲不喜开始思考人生不停忙碌的意义何为。为名为利，或许都不是。"忙"字按古文分解为"心+亡"即为心灵的消亡，好像是说我们在整日忙碌追逐功名利禄时不小心将灵魂落在了后边。原以为远离闹事喧嚣、世事纷扰，心灵就会平静，转身发现真正的内心平静是在心里修篱种菊，让灵魂有所安放。所以无论多忙也要留出片刻让心灵的海浪平息，以便宁静致远。

二〇一八年　龙抬头

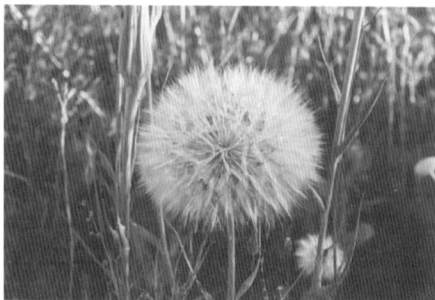

# 青春寄语

　　青联的时光，像一份温暖，一份修行，像灵魂彼岸的花开，幽香缕缕，在烟雨斜阳间，滋润着七月的半城流年半城醉，一群人，一座城，一段结伴同行，温柔了余生的朝朝暮暮。

　　　　　二〇一九年　青联换届寄语青年

# 教　育

教育不仅仅赋能于学生，同样也潜移默化地改变着我们每一个人。一位教育家说："教育是一个灵魂对另一个灵魂的唤醒。""教育"两个字博大精深，同样"唤醒"这两个字也包含了很丰富的人生哲理。希望我们每一个人都能不忘初心，以教育的终极目标为人生理想，不断地提高、完善、超越自我，共同创造我们人类最美好的家园！

二〇二〇年二月

# 《留学美国一年间》读后感

在北风卷地、雪落成歌的冬日时光，用了近一周的时间拜读了《留学美国一年间》这本书，追随着作者梁立敏的脚步，重温了她在美国留学一年的生活点滴。从亚洲到北美，从知识渴求到校园生活，从多元文化碰撞到社会复杂交错，从感性理解到理性思考，真是充满活力充满诗意的一年。

作者的留学生活让我想起了，2011年我在美国加州圣何塞州立大学访学的过往。那些悠悠往事，不断在记忆中回荡，零零散散的画面勾起一些难以忘记的曾经。在那些恍惚的瞬间，我找到了很多她对美国社会的理解而且产生了共鸣。虽然时间的脚步没有放慢，但是人生却像一场电影，从开始到剧终，一遍遍演绎着不同的剧情，经年之后，时光的起落间，忽然觉得再好的剧情都会落幕，只有回忆的存在让人依然心潮澎湃，依然会对生活充满期待。

作者不同的观察视角，释然了当年我对美国社会的很多困惑，让我对很多的美国现象，有了全新的思考；作者的知性和善良，更像一本丰富的诗集，一篇美好的故事。时光的伟岸与美好是基于人性对事物的理解与分享，作者的生活和故事让

我肃然起敬，原来她不仅是一位知性的女子更是一个有故事的人。

从这本书中，我忽然懂得人生最好的时光，会一直在路上。而遇山遇水的过程，也是修仁修智的过程。只要走下去，便一定会相逢那个更好的自己。庚子年虽然波折，但是在岁尾的时候，能收获一本好书，读到一段美好的故事，结识一位善良美好的人，又何尝不是今年的另外一种幸运。

花开花落又一年，走到岁尾的时候，回望那些风花雪月的旅程，那些藏着春水、清露、花香、鸟鸣的时光都已淡成了一抹晚霞，托于远山。唯愿新的希望、新的旅程会在下一场雪落的夜晚，静洒窗前。

二〇二〇年十二月二十一日　冬至夜

读梁丽敏作品有感

# 人间烟火气，最抚凡人心

——西双版纳游记

　　清晨，西双版纳的阳光，照着澜沧江舒缓的水面，巨大的棕榈树下，早起的傣族姑娘，梳理着长发，在江边嬉戏打闹着，五彩的蝴蝶像刚起床的精灵围绕着姑娘们肆意地飞舞。远处毛竹搭成的吊脚楼上，炊烟袅袅，千年的茶山云雾缭绕，充满了人间烟火气。

　　滇西南的风，轻轻柔柔，仿佛在提醒旅途中的我们，生活不是赶路，而是为了更好地感受路。坐在这静谧的古寨，品味着软糯鲜果，听闻着醉人的鸟语花香，顿时有置身人间仙境的感觉。走进原始的雨林部落，住在人烟稀少的傣寨，可以体验茶山、古禅寺、香蕉林，品味正宗柠檬鸡、香草鱼和热带水果，融入傣家儿女载歌载舞、欢乐的生活。这些一个个美妙的元素汇成了生活里欢乐的河流。忽然想起诗人海子的一段话："从明天起，做一个幸福的人，喂马，劈柴，周游世界。"这段话，向世人告白，其实所谓的幸福，不过是人间最平凡的烟火。古往今来，有多少人追逐名利，追逐财富，认为得到这些，才是幸福的。殊不知，经历了人生的起伏跌宕，终会明白，真正的幸福，不在他处，而是在人间，在这朴实的烟火气息里。人生在世，应该多享受些平淡的日子，少一些浮躁和冲动。坚持做真实的自己，体会生活里最单纯的欢

愉，珍惜好人生的情分。珍惜我们的父母，把拥抱留给他们；疼爱我们的儿女，把爱留给他们。如果把人生看作热带雨林的香樟树，那父母是我们的根，儿女是我们的枝叶，即使生活里会经历狂风暴雨，因为有根，我们会坚韧不拔；因为有枝叶，我们会向阳而生。对于爱情，有个诗人曾经说过：不是所有人，都会在恰好的年华，遇见对的那个人。就算幸运的遇到，也未必能给得起你想要的爱情。诚然拥有美好的爱情，是每个人的追求，能在茫茫众生里，恰好遇到一个人，能给你幸福，何其幸运。看看一路同行的父母，忽然觉得，人生如此就很美好，在柴米油盐的烟火里，与亲人们贫贱富贵不相离，了此余生。在平凡的日子里，享受平平淡淡的福气。

　　每个人，终其一生，不过是一碗烟火，一间瓦舍，一路风尘。在不长不短的人生路上，只要家人幸福安康，不管时事如何变迁，世道多艰难，都能被人间烟火抚慰。穿过斑驳的椰林傣寨，竟然在自己的游记里不知怎么书写结局，提笔的瞬间浸透了人间烟火，等待的瞬间疗愈了自己凌乱的心。

　　　　二〇一九年十二月　陪父母游西双版纳随笔

# 忆波士顿飞雪

时光深处，岁月里沉淀的记忆像年轮里的默契与灵犀。清晨，发现窗外白雪覆盖，一夜的风雪，我于梦中竟不知晓。窗外的大雪，忽然让我想起多年前在波士顿的经历，也是同样的风雪。时光虽已山重水复，但仍隔不断温情与惦念。

白雪覆盖的冬季，又一次行走在薄凉的季节，心绪起落间已不悲不喜，随时光来来去去，只许文字输入细微的感动。那些走旧的年华，那些人来人往，那些苦苦追寻，那些挣扎过的岁月，轻轻问候一句："你们还好吗？好久不见。"

其实，世道千年深情可共的唯美只是情感。谁是谁红尘梦里，逃不掉的一场鸳鸯劫！子牙琴台上，回荡着谁千年的独白！多少琵琶弦音，多少烟雨抚慰着落寞的尘世，渡情渡心！秦时的那轮明月，汉时的那道阳关，而今烟火绽放的瞬间，只剩星空里的那份落寞。

人这一生，聚聚散散，谁也逃不过命运之劫，一路走来，我们都在彼此的世界里进进出出，很多人都是江湖作别、永不再见的过客，从你的世界经过。

人这一生，终究是相遇与别离，行一程山水，留一城守

望，不为来日泗渡，只为红尘路上，彼此共赴过红尘小筑，风雪满天。

时光幽远，素心安然。唯愿珍藏起那些温暖美好的记忆，和时光一点一点相守下去。这个冬季，你是我无法释怀的远方。无论青丝如雪、风雨交加，无论兼葭苍茫、时光清瘦，一程相遇，一世美好！

二〇二〇年十二月　大雪　随笔

# 江 城 客

风雪夜，酒尚温，少年佩剑立江心
光阴暮，花未沉，江城渔火思乡深
夜寂静，守孤城，爱惜尘世风雨情
赤壁远，寂无声，泪湿衣襟哨声吟
梦百转，惆怅心，岁暮天地悲欢重
灯火落，离别轻，山河远阔放歌行
春无暖，北风寒，日落西山待君还
世间万千重，斯人若彩虹

二〇二〇年二月七日　送别文亮医生

# 后来的我们

　　我用两个月的时间重读了一遍《红楼梦》，当在一个冬日的夜晚郑重地合上最后一页书简，忽然发现2020年马上就过完了，疫情还在继续，时间还是匆匆。有时候，我还是会想念，想念旧的人，想念旧的书，想念走旧的时光。也许，就这样走着走着，这一生也就慢慢变老了。后来，我终于明白了有些路必须一个人走，有些人终究会离别，时光过去了就不会重来。而后来的我们，只是剩下后来，却没有了我们。幼时不懂《红楼梦》，读懂已是红楼梦中人。

　　　　　二〇二〇年十二月十二日　重读《红楼梦》随笔

# 三千里，偶然见过你

## ——我的楼兰

有人说："最好的相遇是不问过往，最好的离别是不问归期。"但是人世间很多偶然的遇见终会温暖着岁月，让素淡的日子变得鲜活，让人不能自主地想想过往，问问归期。

在吐鲁番的沙漠里穿行，虽然不能走着走着，遇见花开；走着走着遇见雨落；但是走着走着，便与楼兰古城温柔地相遇了。

那是沙漠里清冷的光阴，漫步楼兰，一件披风御寒，用肺腑去触摸走远的故人。远古的沙丘和繁星点点的苍穹，仍能让人深切地感受到天地悠长。

我的楼兰，我沿着沙漠的曲线跋涉着无限远，只为看清你的容颜，可惜你已消失在时光的隧道里，虽有日月光辉，却已难圆牵手之梦。唯有你的传说还在光阴里散发着芬芳，不涸不古，常韵甘醇。

我的楼兰，你像一段繁华，在岁月里与世人共浴沙河互为一天地，与世人共枕夕阳长醉两千年，虽然你从未说世人卑微如尘埃，但你却成了永远的楼兰。

其实，生命应该就是这样吧！楼兰的美，是岁月对人生的恩赐，是生命之外的显赫。人生当情，情之为缘。唯愿世人能在拥有的年华，去做个善良的人，这便是楼兰一直在沙漠里传说的意义。

夜雨朝风，暮鼓晨钟，烟火打磨的光阴，匆匆来匆匆去，人间终是留不住，半生眨眼的距离，感觉只有善良，才是生命里最闪耀的光华。

冬去春来，娇柳烟霞，云雨情长。时光的年轮在岁月中留下了太多不朽的传奇，无数千古风韵都随时光缓缓折叠。一生太快，刚觉得人生初见美如玉，却已浮生向晚心悲凉。

一座城虽然有百转千回的故事，让世人汗颜；有滚烫的激情，燃烧美好的年华；有惊阙的风韵，光芒四射。然而，苍山浮水，岁月秋凉。古往今来，有多少艳眷奢靡，能在似水的流年里一如既往；又有多少风流韵事，能占尽世间繁华，望断红尘烦忧。

逝者如斯，不舍昼夜。我的楼兰，三千里外，我曾偶然见过你，见过你历尽铅华的美丽，见过你夕阳下的深醉。山水有魂，日月无期。你所有的美丽，都是在生命里播种下的善良。而每一种善良，都是你在生命里盛开的檀香。

　　　　　　　二〇二一年十二月　追忆游楼兰故城随笔

# 后记

　　断断续续用近两个月的时间，整理完《半城烟火》的文稿，重温了过往从故乡到异乡求学、工作、生活的心路历程，重新体味了对生命的感悟以及存在的意义，更加洒脱地重新遇见自己。

　　又是一年小雪节气，时光情深，岁月薄凉，一场初雪已经从人世间路过，在季节的转角，我提起笔书写《半城烟火》后记。越走进岁月的晨昏，越能深深懂得，平淡是生活的日常，苦涩是生活的历程，甘甜是生活的馈赠。人生奢华的状态，不过是安于得失、淡于成败，所谓的诗酒年华、鲜衣怒马均是荼蘼一场，最后无非是佛家的虚妄。

　　回望，当年临窗苦读的少年，如行走在风雪里的路人，日夜兼程，以梦为马，一句浅诗，一行深痕，鞍出他乡，终未负那一场鲜衣怒马少年时。在人茫人海的追梦路上，不拥挤，也不孤独，人生的每一个道场，都勇往直前，如今时光不怠，我亦初心未改。虽出走半生，但仍喜欢和过去的自己重逢，就像故乡的雪落，终未负了日渐苍老的少年和挂满柴扉的深情。这世间，也许背起行囊的那一刻，注定留下了一双等待重逢的目光，仿佛等一个人千年，是一种骄傲的姿态，需要独自面对所有的风霜雨雪，只能忧伤地惦记着，不问归期。星河的长明，似十里的长安，妄自清欢，终不见少年轻狂。想当初，山河辽阔，我如天地远行客，既惊艳了时光，也温柔了岁月。在那些走旧的时光之海里，无论积劳成疾，还是药石无医，均不问往昔有几年，也不忘今夕是何夕，像是错落的人间星火，终不能幸免人间苦难。也许人们喜欢追忆过往，大多是因为觉得人心苍白，岁月凉薄，人生的一聚一散，生命的一来一去，远不如那些已经消逝的韶华时光，来得温暖丰腴。但是，那些画在眉间的山河岁月，陌上草木枯荣更替的人间，终抵不过一颗善良的人心。有人说，最有价值的遇见，是在红尘渡口，某一个瞬间，重新遇见自己，我在此岸，你在彼岸，相隔天涯忽然重逢，那一刻你才会懂，走遍山海也不过是为了找到一条回归内心的路。锦瑟流年，我在故城，你在归途，陌上花开，可缓缓归矣。

思绪缥缈间仿佛遇见了远在故乡的母亲和回家的那条风雪路。我知道，这世间有一双目光是永远等着我的，不管什么时候，不管什么地方。纳兰性德的"山一程，水一程，身向榆关那畔行，夜半千帐灯；风一更，雪一更，聒碎乡心梦不成，故园无此生"，犹在耳畔。有人说冬季是一年中记忆最清晰的时候，也是思想最饱满的季节。忆起那年秋季，稚嫩的肩膀背着行囊离开母亲告别故乡，只身外出求学，恍惚间二十余载，经历了人世消磨，风霜雨雪，人情冷暖，庆幸的是一直坚持做最好的自己，没有迷失于烟火红尘，没有辜负离家时母亲的叮嘱。母亲就是一生的温暖，一世的心安，只是有时候，我们遗忘了幸福本身的味道，遗忘了生命本身的意义。其实，人间的烟火气，最抚凡人心。这个冬天，倚着窗前，晒着暖阳，等风尽，等雪来，置一火炉，燃诗煮雪，枯荷作盏，把酒言欢。

以此后记献给我敬爱的母亲，感谢她给予我生命，支持我外出求学，成就了幸福的人生。

许红伟

二〇二一年十一月二十二日 小雪